Edition Paashaas Verlag

**Michael Völkel**
Originalausgabe Juli 2019
Coverillustration: Metin Irfan Temel
Cover designed by Michael Frädrich
© Copyright Edition Paashaas Verlag
www.verlag-epv.de
ISBN: 978-3-96174-043-7



Die Deutsche Nationalbibliothek verzeichnet diese Publikation in der Deutschen Nationalbibliografie; detaillierte bibliografische Daten sind im Internet über http://dnb.d-nb.de abrufbar.

# Der Schrecken im Flöz

FSC
www.fsc.org
MIX
Papier aus ver-
antwortungsvollen
Quellen
Paper from
responsible sources
FSC® C105338

„Gähn ... muss das denn sein? Kann ich nicht einfach mit der Story loslegen, ohne mir das Gewäsch des Autors vorher antun zu müssen?"

Klare Frage, klare Antwort:

Natürlich können Sie sofort mit der Story loslegen. Das ist ein freies Land, wer will es verbieten? Sie können das Vorwort vorher lesen oder nachher oder gar nicht. Die meisten entscheiden sich für gar nicht, schon klar. Ich bin nicht dumm genug, dies nicht zu wissen. Aber von jemandem, der das Vorwort nicht gelesen hat, will ich auch hinterher kein Gemecker und keine nerdigen Klugscheißereien hören.

Einer Geschichte wie der folgenden tun ein paar erklärende Worte gut, damit Sie, lieber Leser, mehr Spaß an der Lektüre des vorliegenden Werkes haben.

Fangen wir vorne an und zwar mit H.P. Lovecraft, der von Fans, Fachpublikum und Autorenkollegen gleichermaßen auf den Sockel des größten Horrorautors des 20. Jahrhunderts gehoben wurde. Seine Geschöpfe (allen voran der große Cthulhu), sein grauenerfülltes multidimensionales Universum, seine Ideen ... dies alles findet sich mehr oder weniger deutlich wieder in den Produkten vieler anderer Künstler: Stephen King, Clive Barker, Mike Mignola (was wäre Hellboy ohne seine cthuloiden Einflüsse?), Wolfgang Hohlbein, August Derleth, Robert Bloch, H.R.

Giger, Richard Corben, Alan Moore, Philippe Druillet, Metallica ... die Liste ließe sich endlos fortführen.

Meine erste persönliche und prägende Begegnung mit Lovecrafts Cthulhu-Mythos hatte ich übrigens nicht über den Meister selbst, sondern über Brian Lumley, der eine beeindruckende Kurzgeschichte Namens *Haggopian* schrieb. Später lieferte er mit seiner *Necroscope*-Saga ein gutes Beispiel dafür, dass es noch immer möglich ist, geistreiche und spannende Vampirgeschichten weitab von Dracula, Twilight oder Blade zu verfassen.

Die Liebe zum Werk Lovecrafts hat mich nie verlassen und so erwachte zwangsläufig irgendwann ein Gedanke: Wenn es sich bei Cthulhu und Konsorten doch um eine Bedrohung für das ganze Universum handelt, warum muss immer Neuengland als Schauplatz für die Geschichten dienen? Warum nicht auch mal das Ruhrgebiet? Was ist besser am Fluss Miskatonic als am Rhein-Herne-Kanal?

Schon klar, auf so eine merkwürdige Idee kann nur ein eingefleischter Ruhri kommen.

Die Idee war geboren, und jetzt galt es nur noch, sie umzusetzen. Das Ergebnis halten Sie in Ihren Händen.

So ein Projekt darf man natürlich nicht akademisch ernst nehmen. Es ist eine Karikatur, eine Persiflage auf Lovecraft und viele andere Bezugsquellen, an der man keinen Spaß haben wird, wenn man nicht bereit ist, mit Augenzwinkern dranzugehen. Es braucht wiedererkennbare Elemente, die dann halt etwas humorvoll interpretiert werden. Wer sich also thematisch an Lovecrafts *Ruf des Cthulhu, Schatten über Innsmouth, Berge des Wahnsinns, Der Fall Charles Dexter Ward, Träume im Hexenhaus, Die Ratten im Gemäuer* oder *Das Fest* erinnert fühlt, dem sei gesagt: Recht hast du. Stimmt. Teilweise habe ich sogar in meinen Lovecraft-Ausgaben nachgeschlagen, um nach Formulierungshilfen zu suchen oder komplette Sätze mit nur marginalen Änderungen in dieses Buch zu übertragen. Das muss erlaubt sein. Ist ja keine Doktorarbeit.

Das Ganze wurde dann kräftig durchmischt mit realer Historie, Verschwörungstheorien, Präastronautik, Heimatkunde und zahlreichen Bezügen zu Film, Comic und Literatur – von Erich von Däniken über ‚Ancient Aliens‘ bis hin zu ‚Terra X‘, archäologischer Fachliteratur, esoterischen Büchern, Okkultismus oder der Bibel.

Wer mag, kann dieses Buch auch als kleines Ratespiel im Sinne der TV-Serie ‚X-Factor‘ mit Jonathan Frakes verstehen. Was ist echt, was ist ausgedacht, was ist überliefert und was ist pure Fiktion? Im Internet finden Sie sicher einige Quellenangaben, die Antworten auf diese drängenden Fragen versprechen.

Ich wünsche allen Lesern, Lovecraft-Fans und Freunden des schönen Ruhrgebiets gute Unterhaltung mit diesem Buch.

Möge es auch als Einstieg dienen in die Welt des Lovecraft'schen Horrors, die so viel Spaß macht, dass man sie nicht wieder verlassen möchte.

Michael Völkel

*Das Böse braucht nicht viel Platz.*

*Nur wenig Raum ist nötig, es zu bewahren. Ein verschlossener Tonkrug, ein versiegelter Umschlag, ein winziger Hohlraum in einem Felsmassiv ...*

*Doch wehe, wenn es freigelassen wird! Dann wird es wachsen und sein elendiges Übel verbreiten weit auf der ganzen Erde. Und das ganze Universum wird erschüttern und erbeben vor dieser unbändigen Kraft.*

Frater Anglesias, Theologe des 17. Jahrhunderts

## ZECHE ‚OLLER FRITZ'

Als echter Glücksfall zu werten ist die Tatsache, dass der Mensch unwissend ist. Er hat sicher viele Fakten sammeln können, doch stehen diese lose nebeneinander, und nur wenige Wagemutige bringen den Willen auf, die Fakten zu verbinden und zu einem großen Ganzen zu machen – darunter Mystiker, Physiker und all jene, die sich dem Blick über den Tellerrand verschrieben haben.

Und sollte es tatsächlich gelingen, dieser Forschung handfeste Erkenntnisse abzuringen, so sind diese von so erschütternder Natur, dass es die Entdecker in die Verzweiflung, den Wahnsinn, zumindest aber ins soziale Abseits treibt.

Denn lieber erklärt der normale Mensch den Boten des Unheils zum Scharlatan, als solch kosmischem Grauen einen Wahrheitsgehalt einzuräumen.

Mir selbst wurde so ein Blick hinter die entsetzlichen Vorhänge der Wirklichkeit zuteil. Seitdem ist mein Leben geprägt von Schlaflosigkeit, Unruhe und wiederkehrenden Angstzuständen. Und eine Chance auf Erlösung zeichnet sich nicht ab, denn selbst mein Therapeut hält mich für bekloppt.

1972 kam es zu einem Grubenunglück in der Zeche ‚Oller Fritz' im Ruhrgebiet. Die Ursache konnte nie genau ermittelt werden, doch wurde menschliches Versagen als die wahrscheinlichste angesehen. Einer der wenigen überlebenden Augenzeugen beschrieb Jahre später die Panikattacke eines türkischen Kollegen als Auslöser. Jener stürmte plötzlich laut schreiend aus einem der Stollen und sah aus, als sei er wahnsinnig vor Angst. Er hielt dabei ein Stück Kohle in der Hand und plapperte hastige Sätze auf Türkisch. Der Überlebende, ein siebenunddreißig Jahre alter Steiger mit dem Namen Jupp Gumulski, konnte natürlich nicht verstehen, was sein ängstlicher Kollege da schrie, doch bemerkte er zwei Dinge: einen merkwürdigen Ausruf, der sich immer wiederholte, und dass die Landsmänner des Kollegen in ähnliche Panik verfielen wie der Flüchtende und ihm eilig hinterherrannten.

Dieser Ausruf, der jetzt auch von den anderen türkischen Bergarbeitern ausgestoßen wurde, schien einer Sprache zu entstammen, die nicht für die menschliche Stimme bestimmt ist. Türkisch war es auf jeden Fall nicht.

Auf wiederholtes Nachfragen mühte sich Gumulski, diese Laute zu wiederholen, doch es wollte ihm einfach nicht gelingen. Also nahm er sich einen Schreibblock und einen Stift und versuchte, die Worte in Lautschrift zu Papier zu bringen. Gumulski wirkte nicht zufrieden mit seinem Ergebnis, reichte aber den Block dennoch an seinen Gesprächspartner weiter. Besser ging es eben nicht.

Der Mann, der die Notiz entgegennahm, war mein Onkel Klaus, der in der gleichen Zeche arbeitete wie Gumulski, am Tag des Unglücks aber einer anderen Schicht zugeteilt gewesen war. Was er las, war befremdlich. Unbewusst bewegte er die Lippen mit – eine Angewohnheit, die er schon in der Schule gehabt und als Erwachsener niemals hatte ablegen können. Ein kalter Schauer lief ihm dabei über den Rücken und die schlecht fassbare, unwirkliche Vision eines namenlosen, gigantischen Grauens stieg in ihm auf.

„Kutulu Rillyeh!"

Mein Onkel sprach die Worte laut aus und eine unnatürliche Kälte machte sich im Zimmer breit, die auch Gumulski zu spüren schien. Der Steiger schauderte unübersehbar.

Kurz nach der panischen Flucht der türkischen Gastarbeiter seien Geräusche aus dem Stollen gekommen. Ein tiefes Brummen, gepaart mit Obertönen, die jeglichen akustischen Gesetzmäßigkeiten zu widersprechen schienen. Doch dies sei nicht das Schlimmste gewesen. Gumulski erschien es, als würde auf diese entsetzlichen Laute GEANTWORTET. Aus den Tiefen der siebten Sohle drangen vergleichbare Klänge – so, als würde das ganze Bergwerk davon erfüllt.

„Dat war so, als würden diese Stimmen miteinander kommeniziern", beschrieb der Steiger.

Dann explodierte irgendetwas in dem besagten Stollen. Ein unirdisches grünes Leuchten erhellte die Stollenwände und das Brummen verwandelte sich in eine Art Schmerzensschrei, den Gumulski, wie er mit unbehaglichem Gesichtsausdruck freimütig zugab, niemals würde vergessen können. Zugleich erstarben auch die umgebenden Stimmen und eine unnatürliche Ruhe kehrte ein. Gumulski wollte kein Risiko eingehen, betätigte die

Alarmsirene und sah zu, dass er zügig ans Tageslicht kam. Oben angelangt, sah er auch seinen türkischen Kollegen, der noch immer das besagte Stück Kohle in der Hand hielt. Die Verständigung war schwierig, denn in der ersten Generation waren die Deutschkenntnisse der ausländischen Arbeiter noch nicht so doll und der Steiger konnte seinerseits kein Türkisch. Dennoch gelang es ihm, seinen Kollegen davon zu überzeugen, ihm den Brocken zu überlassen.

„Dat war ein Fossil", erklärte Jupp meinem Onkel. „Aber so wat hab ich echt noch nie geseh'n und später auch nie wieder. Wenn ich et nicht besser wüsste, Klaus, ich sach et dir, da war ein Gewinde. Also nicht nur, da war so ein komisches sternförmiges Ding mit jede Menge so Stippsen dran. Wie so Härchen am Rand. Aber daneben war so ein Teil, ich schwör dir, dat war ein Fünf-Millimeter-Gewinde. So eine Stange mit Gewinde dran, aber als Fossil, verstehste? Als ob da eins von diese Urtiere ein Fünf-Millimeter-Gewinde in irgendwat reingeschnitten hätte. Ich mein, dat is doch ein paar Millionen Jahre her, da gab et noch keine Menschen, wo soll da so ein Gewinde herkommen? Ich hab dat Dingen dann ein' von die Vermessungsingenieure gezeigt, und der hat dat Teil dann mitgenommen, weil er dat sei'm Kumpel zeigen wollte. Da, die Flitzpiepe mit die blonden Haare, der Geologe, den se immer vorbeigeschickt ham, wenn et da irgendwo gerappelt hat im Karton. Ich hab dat Teil dann nie wiedergesehen. Wer weiß, wo dat gelandet is? Ich hab dann auch immer wieder gedacht: ‚Jupp', hab ich gedacht, ‚vielleicht hasse dich ja auch bloß vertan und dat war nur ein von diese Stachelhalme.' ... Nee ... Schachtelhalme heißen die ... Auf alle Fälle, dat dat irgnsoein Pflanzendingens war, dat nur so komisch aussah, datte denks, dat wär ein Gewinde. Aber dann denk ich, ich bin doch nich bekloppt. Ich weiß doch, wat ich da gesehen hab, und ich schwör dich dat: Dat war ein Fünf-Millimeter-Gewinde."

Mein Onkel Klaus erzählte mir viele Jahre später, dass er sehr skeptisch gegenüber der Geschichte seines Kumpels Gumulski war, aber es an diesem Tag einfach dabei beließ, denn: „Weißt ja, wie dat ist. Der eine sacht so, der annere sacht so. Da kann-ze nich sagen, watta stimmt und watta nich stimmt. Und der war da so watt von voll dabei, der Jupp, dat ich gedacht hab, ich halt lieber die Schnauze, da kommt ja jetz eh nix bei rum, wennze mit Diskutieren anfängst."

Ein paar Monate später habe er jedoch seine Meinung ändern müssen, denn er hatte auf einer Betriebsfeier den Geologen getroffen und ihn auf das Fossil angesprochen. Der allgemein als Flitzpiepe bekannte Mann hieß im wirklichen Leben Stefan Krug und stand zu jener Zeit kurz vor dem Abschluss seiner Doktorarbeit. Er konnte sich sehr gut an das seltsame Artefakt erinnern und schloss sich der Meinung von Steiger Gumulski an: „Das sah tatsächlich überhaupt nicht wie eine Pflanze aus. Da war keinerlei Krümmung. Dieser Stab war schnurgerade, wie industriell gefertigt. Ich weiß, das ist unmöglich, und konnte mir nicht erklären, was ich da in den Händen hielt. Erst dachte ich, da wollte sich jemand einen blöden Scherz mit mir erlauben – wie damals, als die mir meine Thermoskanne mit Sekundenkleber zugepappt hatten. Aber ich bekam sehr schnell heraus, dass es wirklich Kohle war. Circa dreihundert Millionen Jahre alt. Und auch der Stern ... Er sah aus, als hätte er eine Art Fell oder Haare. Kam mir gänzlich unbekannt vor."

Zeigen könne er das Artefakt nicht, erklärte er meinem Onkel, denn schließlich sei er (also der Geologe) Wissenschaftler und wolle da nichts falsch machen. Er habe das Teil erst seinem Doktorvater gezeigt. Schließlich sei man übereingekommen, es einem kompetenten Paläontologen zu überlassen, der sich mit urzeitlichen Tieren und Pflanzen besser auskennen würde als ein Geologe. Das Untersuchungsergebnis stünde noch aus.

Das Unglück 1972 hatte drei Menschen das Leben gekostet. Sechsundzwanzig weitere Arbeiter waren verletzt worden. Als Unfallursache einigte man sich in Ermangelung einer überzeugenden Erklärung auf menschliches Versagen. Jemand habe die Grubengaswarnung nicht bemerkt und versehentlich eine Explosion ausgelöst.

Onkel Klaus hatte in den Jahren vor seinem Ruhestand immer wieder nach vergleichbaren Artefakten gesucht, war aber nie so recht fündig geworden. Hin und wieder gab es kleine Fragmente, die zu einem der beschriebenen Sterne hätten gehören können, die aber nicht deutlich genug zu erkennen waren, um eine eindeutige Identifizierung zu ermöglichen.

„Ich war da ja auch zum Malochen und nich um da in den Schotter rumzukrabbeln. Die hätten mich doch für bekloppt erklärt und Ärger hätt ich auch gekriegt." Irgendwann sei dann ein besonders hohes Tier vom Bergwerkskonzern gekommen und habe das komplette Flöz gesperrt. Die Zugänge wurden zugemauert und mit einer Panzertür versehen. „Wir ham da nie jemand reingehen sehen", erzählte mir Onkel Klaus, „aber da muss immer wieder mal jemand drin gewesen sein. Auf dem Boden konnte man so Kratzspuren sehen, wie so ein Torten- stück. Wenn die die Tür aufgemacht haben, ist die unten immer so über den Boden gekratzt, und das hat dann so wie mit dem Zirkel so ... na ja ... Kratzer hinterlassen ebend."
Mein Onkel erzählte mir diese Geschichte irgendwann in den Achtzigern auf dem Geburtstag von Tante Herta aus Röhlingha- usen. Fand ich damals spannend, hatte mich aber nicht ge- schockt. Das kam später in den Neunzigern. Bis dahin dachte ich halt, das wär so eine Art Bergarbeiterlatein von Kumpels, die mal ein bisschen auf die Kacke hauen wollen. Klaus hat auch nie wieder von diesen Ereignissen gesprochen. An diesem Abend bei Tante Herta hatte er schon das eine oder andere Bier getrunken, was seine Zunge vermutlich etwas mehr lockerte, als er es später im nüchternen Zustand wahrhaben wollte.

## *GÖBEKLI TEPE*

Die merkwürdige Geschichte von Onkel Klaus dümpelte ein paar Jahre in meinem Kopf vor sich hin. Sie blitzte gelegentlich mal auf, aber darüber hinaus war sie nicht von Bedeutung für mich. Das endete, als Mitte der Neunziger in Süd-Anatolien diese Ausgrabungen begannen. Eine Steinzeitanlage in der Nähe der Provinzhauptstadt Sanliurfa. Der Name kam mir bekannt vor, doch hatte ich Schwierigkeiten, mich an Genaueres zu erinnern. Nach längerem, mehr oder minder intensivem Grübeln spukte eine Frage durch den Kopf: Kamen nicht einige der Arbeiter, die in der Zeche, in der damals '72 dieses Unglück stattgefunden hatte, aus dieser Gegend? Ich wusste es einfach nicht mehr genau.

Göbekli Tepe hieß diese Ausgrabungsstätte, bei der die Archäologen heute noch Freudentänzchen machen. Was die da finden in den Tiefen des ‚bauchigen Hügels‘, soll wohl die Menschheitsgeschichte neu definieren, und alles wäre ganz sensationell und so.

Das fand ich alles noch nicht so richtig spannend, aber dann wurden erste Fotos veröffentlicht. Pfeiler mit Tierdarstellungen in einer Präzision, welche die Steinzeitmenschen noch gar nicht bringen konnten. Die Motive waren auch nicht in den Stein gehauen worden, sondern aus dem Stein heraus. Man hatte drum herum alles weggehauen und bündig abgeschliffen, bis nur die Figur übrig geblieben war. Das nennt man Relief. Da waren jede

Menge abgefahrene Wesen dabei: Schlangen, Skorpione, Stie-
re, Echsen … Sogar eine menschliche Figur mit einem Riesen-
penis, aber ohne Kopf.

„Wenn die Kerle damals schon so drauf waren wie jetzt, wurde
dat Dingen bestimmt von 'ner Frau in die Säule gekloppt", sagte
meine liebe Frau seinerzeit. „Die Kerle hatten damals schon
kein Kopp mehr, wenn der Schwanz ins Spiel kommt."

Erst auf den zweiten Blick fiel mir etwas auf. Fast hätte ich es in
der Zeitung überblättert. Auf einer der Säulen war ein Stern
abgebildet. Fünf Zacken mit Haaren drum herum. Da hat mich
glatt der Schlag getroffen. Das war doch genau das, was Onkel
Klaus damals auf dem Geburtstag von Tante Herta erzählt hatte. Unter diesem Stern waren ein paar Schriftzeichen aus dem
Pfeiler herausgemeißelt worden, die in dieser Form noch gänzlich unbekannt waren und die ich optisch sehr gruselig fand.
Onkel Klaus weilte inzwischen nicht mehr unter den Lebenden
und – soweit ich wusste – Steiger Gumulski auch nicht. Ich riss
die Seite aus der Zeitung heraus, um der Sache selbst nachzu-
gehen. Meine Frau beklagte sich dabei, ich solle die Zeitung
nicht zerfetzen, sie habe sie noch nicht gelesen.

Aber wie stellt man Nachforschungen an? Ich bin kein Detektiv
und kein Forscher und von wissenschaftlichen Texten verstehe
ich gar nichts. Die Berichterstattung der Revolverblätter oder
den möchtegern-seriösen Nachrichtenmagazinen würde mir
sicher nicht weiterhelfen. Und in die Zeche kam ich nicht rein,
denn ich arbeitete über Tage. Also beschloss ich, in der Kneipe

um die Ecke bei fünfzehn Glas Bier mal in Ruhe darüber nach-
zudenken. Die Seite aus der Zeitung kam in einen Schnellhefter
und meine Nachttischschublade.
Ein paar Wochen später kam etwas über Göbekli Tepe im Fernsehen. Erst mal das übliche Gewäsch: „Die Menschheitsgeschichte müsse neu definiert werden ... Das seien alles sensati-
onelle Entwicklungen und Entdeckungen ... So was hat man
noch nie gesehen ... Die Steinzeit in neuem Licht ...“
Laber, laber und so weiter und so fort. Ich wollte fast schon
wegzappen, als ein Linguist zu Wort kam. Man habe jetzt also in
aufwendigen Versuchen diese gruseligen Schriftzeichen mit real
existierenden Schriften verglichen und die Klänge mit den heu-
tigen Sprachen abgeglichen, sodass man jetzt zwar noch nicht
wüsste, was die Zeichen bedeuten, aber so ungefähr, wie sie
sich anhören. Da war ich perplex. Ich hätte nicht gedacht, dass
man das kann, aber die Wissenschaftler haben ja schon so das
ein oder andere drauf. Der Talkmaster wollte natürlich wissen,
wie sich diese Sprache anhört. Da druckste der Linguist erst ein
bisschen rum, aber dann ließ er sich doch überreden: „Kutulu
Rillyeh!“
„Watt zuckst du denn da rum wie so'n Bekloppten?“, wollte
meine liebe Frau wissen, als ich aus dem Sessel hochschreckte.
„Hat dich da jetzt irgendwas im Arsch gestochen oder wat is
los?“

## DÄMPFE

Der Rhein-Herne-Kanal verläuft an der Nordgrenze von Herne, die Emscher – ein Nebenfluss des Rheins – nördlich davon. Der Kanal geht ja noch, aber die Ufer der Emscher sind alles andere als ein Erholungsgebiet. Zumindest war das bis in die späten Achtziger so. Davor war die Emscher einfach nur die Industrie-Köttelbecke. Umweltschutz kannte man ja so noch gar nicht, das kam alles später. Auf alle Fälle mussten die industriellen Abwässer irgendwo hin und da standen jetzt die Ruhr, die Emscher und die Lippe zur Auswahl. Damals hatten die Bosse entschieden, die Ruhr und die Lippe in Frieden zu lassen und die Emscher zum Stinkbach des Ruhrgebiets zu machen. Heute würde das sicher alles ganz anders geregelt, aber seinerzeit war das schon recht weit gedacht, dass man lieber einen Fluss ganz platt macht, als drei Flüsse ein bisschen.

Ich hatte mich in der Zwischenzeit tatsächlich etwas schlau machen können, was diese Geschichte mit dem Unglück, dem Gewinde und dem Stern angeht. Das Flöz, in dem 1972 dieser ‚Vorfall' stattgefunden hatte (ich wollte die Sache nicht mehr als Unfall bezeichnen), verlief von Herne so halbschräg in Richtung Dortmund und schnitt im Verlauf immer wieder die Bahn des Rhein-Herne-Kanals und der Emscher. Ziemlich im Osten von Herne wurde zu dieser Zeit ein umfangreiches ‚Emscher-Renaturierungsprogramm' durchgezogen – mit vielen Baggern und Erdbewegungen ohne Ende. Es wurde hier was abgetragen, da was aufgehäuft, hier ein Wald angepflanzt und da ein Weg angelegt. So viel Action lockt die Neugierigen – und ich war einer davon.

Logisch, dass ich mich nicht von ein paar Bauzäunen abhalten ließ, die Gegend genauer zu erkunden. Da kamen Dinge ans Licht, die schon recht lange in der Erde verborgen waren und vielleicht gab es ja den einen oder anderen ‚Schatz‘ aus der Zeit des industriellen Aufschwungs. Der anfängliche Optimismus wich aber rasch der ernüchternden Erkenntnis der Aussichtslosigkeit meines Unterfangens, und so ging ich auf der nördlichen Seite des Kanals, wo im Sommer die Freaks und Obdachlosen immer wild campen, zurück in Richtung Wanne. Der Schotter knirschte unter meinen Füßen, und ich musste aufpassen, auf dem unebenen Untergrund nicht zu stolpern. Also war mein Blick nach unten gerichtet und mir fiel ein abgebrochenes Rohr ins Auge. Es steckte senkrecht im Boden und ragte nur wenige Zentimeter heraus. Ich weiß heute nicht mehr, warum, aber dieses Rohr weckte meine Aufmerksamkeit. Aus purer Neugier zog ich daran. Es bewegte sich keinen Millimeter. Ich trat mit dem Fuß davor und machte mir einen tiefen Kratzer ins Leder der neuen Schuhe (was Ärger mit der lieben Gattin geben würde), doch erzielte keine messbaren Fortschritte. Da wackelte nichts. Ich kniete mich hin und begann, das Rohr freizulegen, was sich auf dem Schotterboden als mühsames Unterfangen darstellte. Es ging tatsächlich nur zentimeterweise voran. Plötzlich bemerkte ich das Brummen! Ein tiefer Ton am Rande der

Wahrnehmung! So leise, dass er kaum zu hören war und doch hatte er eine deutliche Präsenz. Der Ton kam aus dem Rohr. Und er hallte irgendwie. Mich erinnerte das in etwa an den Klang im Kölner Dom, auch wenn er nur durch dieses Rohr nach außen trat. Mir gingen sofort die Geschichten von den Bergschäden durch den Kopf. Irgendwo in Recklinghausen hatte jemand sein Haus auf dem Gebiet gebaut, das in ein paar hundert Metern Tiefe die leer gebauten Flöze durchzogen. Eines Tages trat er aus dem Haus und hatte keinen Vorgarten mehr, denn der war komplett abgesackt – hundert Meter in die Tiefe durch alte vergessene Bergwerkstollen.

War hier auch so ein Hohlraum? Kaum vorstellbar, denn sonst wäre an dieser Stelle sicher nicht der Kanal angelegt worden. Aber ich wollte es doch genau(er) wissen. Ich nahm ein Schottersteinchen, das klein genug war, um in das vier Zentimeter durchmessende Rohr zu passen, warf es hinein und hielt mein Ohr an die Öffnung. Ein Aufschlag war nicht zu hören, doch verwunderte mich das nicht. Zunächst übertönte das Geklacker des Steinchens an der Rohrwand ein wenig das tiefe Gebrumme, dann wurde es leiser und verschwand völlig. Ich blieb weiter in gebückter Position, einfach um abzuwarten, ob noch etwas kommt. Es kam noch etwas. Das Brummen hörte auf, stattdessen erschallte ein Schrei wie der eines wütenden Tieres. Ich glaube, es ist ein evolutionärer Schutz für den Menschen, wahrzunehmen, wann ein wildes Tier – also eine potenzielle Bedrohung für Leib und Leben – wütend wird und in den

Angriffsmodus verfällt. Das Geschrei aus dem Rohr klang leise – vermutlich wegen der Entfernung und der akustischen Verfremdung durch das Rohr –, doch es war bösartig, voller Hass, Wut und Verzweiflung. Kein Zweifel: In direkter Nähe dieses Tieres hätte ich so richtig alt ausgesehen.

Ich war dermaßen schockiert, dass ich den Geruch zunächst gar nicht bemerkte. Ein entsetzlicher Gestank nach Verwesung, Verbrennung und giftigen Chemikalien drang aus dem Rohr – und das mit solcher Wucht, dass er einen umgehauen hätte, wenn man von ihm direkt, ohne Abstand getroffen worden wäre. Der ausströmende Dampf brachte die Luft zum Flimmern wie eine überhitzte Autobahn. Anfangs noch durchsichtig verdichtete sich das Gas zu einem grünen Strahl, der circa zwei Meter in die Höhe stieg, bevor er sich pilzförmig zu einer Wolke ausbreitete.

Zugleich steigerte sich die Wut, welche dem entfernten Geschrei anhaftete, zu einer Intensität, die mir Angst und Bange machte. Fast panisch rannte ich los, um möglichst viel Abstand zwischen mich und das Rohr zu bringen.

Nach ein paar hundert Metern erreichte ich bewohntes Gelände – das heißt, ich näherte mich einem der Zelte eines Obdachlosen. Blickgeschützt von der Böschungsbepflanzung hatten zwei Männer undefinierbaren Alters ein Domizil aufgebaut. Einer saß auf einem umgestülpten Bierkasten, der andere lag in einem stark lädierten Garten-Liegestuhl. Das Bodengitter eines vermutlich geklauten Einkaufswagens – einer von den kleinen, die für Kinder vorgesehen sind – war zum Grill umfunktioniert und stand über einer offenen Flamme. Die Lötstellen der Metallverstrebungen begannen sich schon hitzebedingt aufzulösen, doch entweder wussten die Brutzler das Aroma von geschmolzenem Lötzinn an ihrem Grillgut sehr zu schätzen oder sie hatten die Auflösungserscheinungen alkoholbedingt noch gar nicht bemerkt. Was die Herren da grillten, sah übrigens nicht sehr appetitlich aus. Die lallende Stimme des Mannes im Liegestuhl machte mir deutlich, dass ich hier in fremdes Revier eingedrungen war und ich mich gefälligst verpissen möge. Dem leistete ich widerspruchslos Folge, denn mein Schock saß zu tief, um jetzt noch sinnlose Diskussionen zu führen.

Nach Hause kam ich mit dem unangenehmen Gefühl, ein weiteres Teil in ein grauenhaftes Puzzle eingefügt zu haben.

## ZUFÄLLE

Schräg gegenüber meiner Wohnung wurde irgendwann eine Dönerbude eröffnet. Als guten Kunden konnte ich mich nie betrachten, meine Besuche dort waren sehr selten. Aber gute Nachbarn waren wir. Wie das eben so ist, man begegnet sich auf der Straße, grüßt sich, schimpft gelegentlich über Verkehrsbehinderungen bei der Fleischanlieferung, aber kommt gut miteinander aus.

Und ins Gespräch kommt man natürlich auch. Serdar hieß der Betreiber der Imbissstube und er wohnte jetzt schon seit seiner Geburt hier in Wanne-Eickel. Seine Familie sei damals im Zuge des Gastarbeiterzuzugs aus Süd-Anatolien ins Ruhrgebiet gekommen und seitdem geblieben. Sein Opa habe noch auf ‚Oller Fritz' unter Tage gearbeitet. Er wäre damals auch hautnah bei dem Grubenunglück in den Siebzigern dabei gewesen, hätte aber alles unbeschadet überstanden. Keine Überraschung, dass dies meine Neugier weckte, doch bemühte ich mich sehr, nur angemessenes Interesse zu heucheln. Serdars Großvater sei damals nur knapp vor dem Einsturz aus dem Stollen entkommen und sei, wie er von der Großmutter erfuhr, seitdem nie wieder der Alte gewesen. Es gab Angstattacken und Albträume. Großvater habe oft im Schlummer in Sprachen geredet, die kein anderer in seiner Familie kannte, und sei manchmal schreiend aus dem Schlaf hochgeschreckt.

„Kutulu Rillyeh!", murmelte ich vor mich hin.

Serdar riss die Augen auf.

„Woher weißt du das?", fragte er.

Die Antwort blieb ich ihm schuldig.

Abends kam im Fernsehen eine Sendung über Präastronautik, also dieses Ding, das zum Thema hat, dass die Außerirdischen in vorgeschichtlicher Zeit mit Raumschiffen zur Erde gekommen wären, genetische Experimente gemacht, die Menschen beim Pyramidenbau unterstützt und sich der noch unterentwickelten Menschheit als Götter präsentiert hätten. Gäste in der Sendung waren unter anderem Erich von Däniken (ja klar) und ein sehr pfiffiger Völkerkundler, der sich auf antike Kulte spezialisiert hatte.

„Recht neu", so erzählte der Ethnologe, „sind die Forschungen zu einem bis dato unbekannten Kult, der im Nahen Osten, in Tasmanien, nördlich des Polarkreises und im präkolumbianischen Amerika zu Hause war. Das klingt unglaublich, denn das sind ja völlig verschiedene Ecken der Welt und doch wurden Gemeinsamkeiten entdeckt, die weit über zufällige Ähnlichkeiten hinausgehen. Die Symbole sind die gleichen. Es sticht vor allem ein merkwürdiger fünfzackiger Stern heraus, der an seinem Rand von Tentakeln oder Härchen umgeben ist. Das ist so etwas Spezielles, dass die Ähnlichkeiten zu signifikant sind, um als Zufall abgetan zu werden."

„Schriftliche Hinweise auf diesen Kult hat man nur in Anatolien in der Ausgrabungsstelle Göbekli Tepe irgendwo im Urwald von

Mexiko und in Westdeutschland an einem vor der Öffentlichkeit geheim gehaltenen Ausgrabungsort gefunden.

Die mexikanischen Funde wurden Grabräubern abgenommen und von der Polizei an eine Universität abgegeben. Das macht weitere Forschung sehr schwer, denn ohne Fundort fehlen halt wichtige Informationen, auf die ein Archäologe aufbauen kann. Ansonsten sind die Glaubensinhalte vermutlich nur mündlich weitergegeben worden."

„Diese Religion wird Ihnen gefallen", wandte sich der Völkerkundler lächelnd an Erich von Däniken. „Lange bevor es Menschen gab – hier wird von Zeiträumen gesprochen die Millionen von Jahren umfassen – kamen die Götter von den Sternen zur Erde. In Zeiten – noch öde und menschenleer – war die Erde nichts weiter als ein riesiger Sumpf, der von monströsen fliegenden Insekten bewohnt war. Dort bauten die Götter ihre Städte, fast schwimmend auf torfigem Untergrund. Und eine glorreiche Ewigkeit hausten dort die Götter und schmiedeten ihre Pläne, die weit entfernt waren von jeglichem menschlichen Denken und menschlichen Wünschen. Doch war die Erde nicht stabil und sie begehrte auf gegen die Inbesitznahme durch die übernatürlichen Wesen und sie öffnete sich und verschlang alles Leben auf dem Planeten. Die Städte der Götter versanken eine nach der anderen in feurigen Abgründen. Auch die prachtvolle Stadt Rillyeh wurde nicht verschont."

Rillyeh?! Ich sprang aus dem Sessel hoch, ignorierte die despektierlichen Bemerkungen meiner Frau und starrte mit offenem

Mund auf den Bildschirm. „Doch waren die Götter selbst nicht für die Sterblichkeit geschaffen, so heißt es, und so versanken sie in ihren versunkenen Städten in traumlosen Schlaf", fuhr der Mann fort. „Nur darauf wartend, sich im rechten Moment zu erheben und die Erde erneut zu unterwerfen – samt ihrer menschlichen Bevölkerung. Ein neues, böses Zeitalter wird dann beginnen, und gut bedient ist ein jeder, der sich rechtzeitig entschied, die alten Götter anzubeten, denn einem jeglichen anderen soll ein grausamer Tod bevorstehen." Der Völkerkundler machte gewieft eine dramatische Pause.

Dann legte er mit einem maliziösen Lächeln nach: „Empfängliche Menschen empfangen die Botschaften der alten Götter in ihren Träumen. Es gelingt ihnen immer wieder, Begierden zu erwecken und manipulative Gedanken einzugeben. So ist ihr Einfluss auf das Geschehen der Erde ungebrochen. Wenn die Zeichen richtig stehen, wird sich die Stadt Rillyeh aus den Tiefen erheben und die Götter werden unter ihrem großen Priester Kutulu ihre grausame Herrschaft über den gestohlenen Planeten erneuern."

Ich war sprachlos.

## REICHSFLUGSCHEIBEN

Wo sind sie eigentlich, die ganzen Nazis? Irgendwo muss es sie doch geben. Ein paar versteckten sich in Südamerika. Einige Akten wurden nach den Nürnberger Prozessen dauerhaft geschlossen. Aber was ist mit den anderen? Wer zum Ende des Krieges zwanzig Jahre alt war, wäre jetzt, Ende der Neunziger, ungefähr fünfundsiebzig Jahre alt. Ein Alter, das ein Mensch durchaus erreichen kann.

Jörg Krauter hatte sich nie diese Frage gestellt. Als Kind der Sechzigerjahre wusste er einiges aus dem Schulunterricht, doch so richtig interessiert war er nicht. Und doch bekam er eine Antwort.

Bei den Krauters war es üblich, dass bei Familienfeiern immer die gesamte Verwandtschaft anrückte. Der Schrebergarten in Horsthausen war gerade groß genug, um allen Platz zu bieten. Und laut waren die Krauters! Außenstehenden musste es wie ein Wunder vorkommen, dass jemand aus diesem Stimmengewirr tatsächlich Informationen herausfiltern konnte, denn es schien, als sprächen alle gleichzeitig. Und das mit zunehmender Lautstärke, denn die Situation forderte den Familienmitgliedern ab, sich hörbar über die Stimmen der Verwandtschaft hinwegzusetzen. Ein Teufelskreis, der erst mit der Verabschiedung endete.

Die außenstehenden Beobachter lagen mit ihrer Skepsis allerdings richtig. Ein Austausch von Informationen fand nicht statt.

Die meisten der Krauters verwechselten Zuhören mit dem ungeduldigen Warten auf ein Stichwort, das einen neuerlichen Wortschwall auf das Gegenüber auszulösen vermochte. Alle fühlten sich bestens unterhalten, solange sich nur genug Gelegenheit ergab, einen der Verwandten zuzutexten.

Und dann war da noch Onkel Heinz. Auf Feiern war er immer dabei. Man sah ihm an, dass er die Gesellschaft – vor allem die der Kinder – genoss, darüber hinaus jedoch blieb er rätselhaft für Jörg und seine Brüder, denn er war der einzige, der sich nicht an eingangs erwähntem Wortgewitter beteiligte. Er saß abseits in einer Beobachterposition und betrachtete das Treiben um ihn herum meist wortlos.

Schon als Kind war Jörg der merkwürdige Gesichtsausdruck von Onkel Heinz aufgefallen. Tiefe furchenartige Falten im Gesicht zeigten, dass er im Leben viel mitgemacht haben musste und bei Weitem nicht alles davon angenehm gewesen sein konnte. Er hatte tief liegende Augen und sein Blick schien mal Trauer, mal Arroganz, mal Verachtung und mal Stolz auszudrücken. Aber halt auch Zuneigung, wenn es um die Kinder ging.

Erst als Jörg älter wurde, fiel ihm auf, dass Heinz immer irgendwie unter Beobachtung stand. Ein unauffälliger Blick von seinem (Jörgs) Vater, ein unverhohlen abschätzender Blick seines (Jörgs) Großvaters. Doch nie sprach jemand Klartext. Bei den Feiern war Heinz halt immer dabei, ansonsten spielte er im alltäglichen Leben der Krauters keine Rolle. Jörg war es auch nie gelungen, genau herauszubekommen, was denn der Verwandtschaftsgrad von Heinz war. Sein Onkel war er auf alle Fälle nicht.

Mitte der Achtziger wurde bei seinem Opa Leukämie diagnostiziert. Die Suche nach Knochenmarkspendern blieb erfolglos, und so war es absehbar, dass Jörgs Großvater nicht mehr lange unter den Lebenden weilen würde. Opa trug es mit Fassung und einer Menge ruhrgebietstypischem Galgenhumor. Bei einem Besuch bei seinem Großvater im Krankenhaus wurde der alte Mann plötzlich und für Jörg sehr überraschend ernst.

„Junge, hat dir Papa eigentlich irgendwann mal was über Heinz erzählt?"

„Nein, der war nie Thema. Ich hatte ihn einmal nach Onkel Heinz gefragt, aber Papa ist ausgewichen."

„Klar ... Das überrascht mich nicht. Heinz ist eine sehr arme Socke. Der hat ein echtes Scheißleben geführt. Er wohnt allein in einem Kuhdorf irgendwo in der Pampa in Niedersachsen, hatte nie eine Frau, hat keine eigenen Kinder und ist echt scheiße einsam. Er hat eigentlich nur uns, seine Familie." Jörg schwieg. Dazu hatte er nichts zu sagen, und es erschien ihm, als würde jetzt noch was kommen. „Heinz ist selber schuld an seinem verkorksten Leben. Er hat früher einmal sehr üble Dinge getan und das ist jetzt die Quittung. Ich weiß nicht, ob er seine Vergangenheit wirklich bereut, denn er sagt ja nie was, aber gezeichnet hat ihn sein Leben auf jeden Fall. Er war ja überhaupt nicht mehr in der Lage, ein vernünftiges Wort mit jemandem zu sprechen."

„Zu mir war er immer recht distanziert, aber nicht wirklich unsympathisch", versuchte Jörg einen Beitrag zur Unterhaltung zu leisten. „Er war komisch, aber unsympathisch erschien er mir nicht."

„Versteh das richtig, Junge", sagte der Opa. „Wir waren die einzigen Kontakte, die er hatte. Zumindest soweit ich weiß. Mit uns wollte er es sich auf keinen Fall verscherzen. Ich habe nie aus ihm herausgekriegt, ob es echt war, wenn er wirklich mal Freundlichkeit an den Tag legte oder ob das nur Mittel zum Zweck war. Soll aber egal sein. Er gehört zur Familie, da gehört es sich auf jeden Fall, dass man ihn mit durchzieht."

„Was waren das denn für üble Dinge, die er da gemacht hat, als er jung war?", wollte Jörg wissen.

„Soll er dir selber erzählen", bekam er zur Antwort. „Steht mir nicht zu, hier irgendwelche Geheimnisse auszuplaudern. Vermutlich würdest du ihn nicht mehr leiden können. Das Risiko, es sich mit dir zu versauen, muss er selber tragen. Von mir erfährst du nichts. Wobei ich aber denke, dass er durch sein Scheißleben genug gestraft wurde, und wenn ich jetzt in ein paar Wochen den Löffel abgebe, ist der Mensch, der ihn am besten kannte, nicht mehr da. Das kannst du nicht wissen, Junge, das wissen nur wenige. Dein Vater ist darunter, aber er hat das Geheimnis auch für sich behalten, weil ich ihn drum gebeten habe. Heinz ist nicht sein richtiger Name. In Wirklichkeit heißt er Joseph, und er ist auch kein entfernter Verwandter, er ist mein Bruder." Jörg war geschockt! „Hör zu, Junge, wenn ich nicht mehr da bin, muss sich einer um Joseph kümmern. Er ist nicht mehr der Jüngste, und es wird nicht mehr sooo lange dauern, bis er alleine nicht mehr klarkommt. Bitte mach du das. Besuch ihn ab und zu in seinem Dorf und lade ihn weiter zu den Feiern ein. Vielleicht wird ja auch er mal krank und braucht Unterstützung. Bitte kümmere du dich darum. Vielleicht erzählt er dir ja mal was. Aber nenne ihn auf jeden Fall weiter Onkel Heinz, sonst riecht er Lunte, dass ich dir was erzählt habe."

Kurz nach dem Tod seines Bruders ging es auch Heinz alias Joseph immer schlechter. Es entwickelte sich eine Demenz, und innerhalb von nur kurzer Zeit hatte sich sein Kurzzeitgedächtnis in Luft aufgelöst. Sein Langzeitgedächtnis allerdings blieb intakt und rückte in den Vordergrund, auch wenn er überhaupt nicht mehr in der Lage war, sich im Alltag zu orientieren.

An einem der Besuchstage von Jörg – Heinz lebte schon lange nicht mehr zu Hause und hatte ein Mehrbettzimmer in einer betreuten Wohneinrichtung – kam Onkel Heinz in Erzählerlaune. Was er schilderte, stammte aus der Zeit, als er als junger Mann die Machtergreifung der Nazis erlebt hatte: „Hitler war ein Idiot. Er hat alles kaputtgemacht. Die Götter haben ihm nie verziehen, dass er die ganze grüne Materie so sinnlos vergeudete, nur weil ihm seine eigene Unsterblichkeit so wichtig war. Dabei hätten die sich doch um ihn gekümmert. Dieser dumme Narr!" Jörg horchte auf. Das klang zwar nach den zusammenhanglosen geistigen Ergüssen eines Mannes, der nicht mehr klar denken kann, aber spannend war es allemal. „Der Idiot. Wir waren so kurz davor. Wir hätten nur die grünen Partikel in diese Apparatur einführen müssen und die alten Götter hätten die Macht übernommen. Die arische Rasse wäre dann zur führenden Spezies auf der Erde geworden. Immerhin sind wir extra dafür auch zur Venus geflogen." Heinz/Joseph kicherte fies. „Himmler persönlich hat mich beauftragt, Junge. Ich war wegen meiner Leistungen in nur sehr kurzer Zeit zu einem richtig hohen Tier in der SS befördert worden. Genau der Richtige für diesen Job. Die Reichsflugscheiben waren ein Traum. Vor allem die Haunebu II! Zwanzig Meter im Durchmesser. Eine Scheibe, die sich in der Mitte zu einer eleganten Kugel verdickte. Schnell, beweglich und in der Lage, in kürzester Zeit Millionen von Kilometern durch das All zu fliegen. Dieser Österreicher, Viktor Schauberger, hatte diesen genialen Antrieb entwickelt. Nach DEREN Plänen! Die Repulsine war ein Meisterstück! Sie hatte so gut wie keinen Energieverbrauch, denn sie wurde mit grüner Materie angetrieben. Mit der Haunebu sind wir dann zur Venus, um dort aus dem Boden ein Gefäß zu holen, in dem die alten Götter vor Millionen Jahren einen Vorrat dieser grünen Masse versteckt hatten. Damals war der Planet fast so heiß wie jetzt. Aber wir hatten ja diese Anzüge. Nur ein Zentimeter trennte uns von der Backofenhitze der Venus, aber es war angenehm kühl im Inneren. Ein tolles Material, das nicht von der Erde stammte. Das haben SIE mitgebracht. Innen kühl und außen keinerlei Anzeichen von Verbrennung oder irgendwelchen Schmelzvorgängen. Wir brachten das grüne Material mit, und die Götter wollten diese Energie nutzen, um ihre Städte aus der Tiefe ans Licht zu holen. Sie wären erwacht und hätten dann das neue Zeitalter eingeleitet. Tausend Jahre sollte es andauern und die Arier wären die Herren über den Rest der Menschheit geworden. Ich war auf der Venus, ich war auf dem Mars, ich war in Agartha, ich habe Dinge gesehen, die fantastisch waren. Die Götter hätten uns Ariern das Paradies beschert. Sie waren schon auf der Erde, als es die Dinosaurier noch nicht gab. Sie haben Städte gebaut und dort gelebt, bis die Massenvernichtung am Ende des Perm-Zeitalters sie in der Lava versinken ließ. Wäre es den Göttern vor ihrem Untergang nicht gelungen, wenigstens ein paar Teile der Erde vor der Vernichtung zu beschützen, so wäre jegliches Leben ausgelöscht worden, so groß war die Katastrophe zum Ende des Perm. Das Aussterben der Saurier war dagegen eine echte Kleinigkeit. Du musst wissen, Junge: Die Götter brauchen lebende Wesen, die für sie aktiv sind. Sie waren kurz davor, ihre Herrschaft zurückzugewinnen, doch dann machte dieser Narr Hitler alles kaputt. Er hatte das ganze grüne Material an sich genommen und für eine Unsterblichkeitsmaschine verwendet. Er war sich immer selbst der Wichtigste. Kein Grün mehr für die Götter, kein Grün mehr für die Flugscheiben. Ich habe nie einen der Götter gesehen, sie schlafen ja noch immer in der Tiefe, aber die müssen richtig angepisst gewesen sein. In Agartha leben die Reptiloiden.

Agartha ist traumhaft schön. Der Zugang liegt irgendwo unter dem Eis der Antarktis in Neuschwabenland. Nach dem Krieg ist Hitler dorthin geflohen, aber die Reptiloiden waren die Helfer der Götter. Die haben ihn geschnappt und in ein Verlies eingemauert, in das er gerade so reinpasste und in dem er nicht mal aufrecht stehen konnte. Da ist er immer noch drin! Jetzt muss der Idiot sehen, wie er klarkommt mit seiner Unsterblichkeit."
Ein freudloses, heiseres Lachen entrang sich der Kehle von Onkel Heinz. Er war jetzt in Schweiß gebadet und redete mit manischem Gesichtsausdruck weiter. Jörg war klar, dass sein Großonkel jetzt völlig vom Wahnsinn heimgesucht wurde.
„Die Götter leben!", schrie der alte Mann. „Sie sind nicht tot! Sie schlafen nur, aber sind sich allem bewusst, was sie umgibt, denn sie dringen in die Gedanken der Menschen ein. Eines Tages werden sie sich erheben und das Neue Zeitalter einleiten. Eine Ära der Dunkelheit, des Bösen, der Gewalt – und wir Arier werden dasitzen und zuschauen, wie sich das wertlose Leben gegenseitig vernichtet. Heil den Göttern und ewiger Dank, dass sie uns Ariern einen Platz an ihrer Seite schenken. Heil den Göttern! Haaiih, Haaiih, Kutulu fatagn, Fenglui merglfnaf, Kutulu Rillyeh wagel fatagan. KUTULU RILLYEH."

Mit ungläubiger und angsterfüllter Miene starrte Jörg auf seinen Verwandten, der ihm jetzt fremder war als je zuvor. Mit einer morbiden Faszination nahm er zur Kenntnis, wie leicht Heinz die fremdartige Sprache von den Lippen kam, als habe er sie bereits hunderte Male ausgesprochen. Panik erfüllte ihn und er verließ rennend das Seniorenheim, um niemals wieder dorthin zurückzukehren.

## DIE FORSCHUNGEN DES DOKTOR BURKEL

Eine Melodie erklingt. Die Titelmusik der Masters-of-the-Universe-Hörspiele aus den Siebzigern. Ein Klingelton.
Der Angerufene schmiert den Abheben-Button über den Touchscreen und meldet sich einsilbig. Die Stimme am anderen Ende der Leitung ist etwas brüchig und stammt offensichtlich von einem Herrn gehobeneren Alters: „Guten Tag, mein Name ist Burkel. Doktor Burkel. Sie haben mich per Email angeschrieben und wollten gerne Kontakt mit mir aufnehmen. Was kann ich denn für Sie tun?"
„Richtig, Herr Burkel ..."
„Herr Doktor Burkel, bitte!"
„Oh, Entschuldigung, Herr Doktor Burkel. Ich habe im Stadtspiegel gelesen, dass Sie sich besonders gut auskennen mit dem Ruhrgebiet in der Zeit des Nationalsozialismus. Ich selbst habe auch aus diversen persönlichen Gründen ein Interesse an diesen Dingen, und ich fragte mich, ob Sie mir da vielleicht weiterhelfen können. Es geht da um diese Firma Schlenk, die kurz vor Kriegsende in Konkurs gegangen sein soll und deren Industrieanlagen. Die hatten doch angeblich ein riesiges Gelände am Rhein-Herne-Kanal. Davon wäre jetzt nichts mehr übrig, hieß es. Im Artikel im Stadtspiegel war davon nicht die Rede, aber es las sich so, als könnten Sie diesbezüglich Informationen haben."
„Die Firma Schlenk ... Ja, die ist mir bekannt", räumt Doktor Burkel etwas zögerlich ein, „Aber sagen Sie mir bitte, warum Sie

sich dafür interessieren. Das ist eine etwas – wie soll ich sagen? – problematische Angelegenheit, die man besser nicht einfach so in die Öffentlichkeit bringen sollte. Sie wissen vielleicht, dass ich Autor von acht Büchern über die Ruhrgebietsindustrie der Vergangenheit bin, aber die Firma Schlenk habe ich darin aus gutem Grund niemals abgehandelt."

„Es geht mir dabei um die Fertigungsanlagen für ein geheimes Projekt, das ..."

„Was für ein geheimes Projekt?"

Burkel wirkt plötzlich sehr aufgeregt.

„Das weiß ich ja eben nicht. Hören Sie, Herr Burkel ..."

„Herr Doktor Burkel, bitte!"

„Entschuldigung, Herr Doktor Burkel. Ich möchte Ihnen gerne die ganze Geschichte erzählen. Ein gemeinsamer Bekannter, Bodo Gumulski – das ist der Sohn von Jupp Gumulski – hat Sie mir als vertrauenswürdige Person empfohlen, die Ahnung hat, die Vertrauliches für sich behalten kann und die nicht gleich abschaltet, wenn es mal um ungewöhnliche Dinge geht. Ich hatte mich erst an Bodo gewendet, denn da gab es ja diese Grubenexplosion 1972 auf ‚Oller Fritz' und ich wollte da mehr drüber wissen, weil: Der erste Mann meiner Großtante mütterlicherseits ist damals dabei ums Leben gekommen. Er wurde von herumfliegenden Trümmerteilen tödlich verletzt ... und als sie die Leiche bargen, hatte er einige komische Teile in den Taschen, die meine Großtante dann als Erinnerungsstücke in ihrem Schrank aufgehoben hat. Das waren so komische Fossilien mit ganz komischen Versteinerungen, auf die sich keiner einen Reim machen kann.“

„Das hört sich sehr interessant an“, entfährt es Burkel, doch mit schlecht gespielter Gleichgültigkeit wiegelt er gleich wieder ab: „Wissen Sie, derartige Ausgrabungsstücke gibt es wie Sand am Meer – vor allem im Ruhrgebiet. Liegt auf der Hand, nicht wahr?“ Ein geringschätziges Kichern folgt den Worten des Gelehrten. Sein Gesprächspartner lässt sich allerdings nicht täuschen. Deutlich ist zu merken, wie Burkel seine Erregung unterdrückt. „Könnten Sie mir diese angeblichen Fossilien etwas näher beschreiben?“, fragt der Wissenschaftler einen Tick zu hastig, als seinem Späßchen nur ein wohltemperiertes Schweigen folgt. „Es ist schwierig, etwas Genaues zu sagen, wenn man nur wenige Informationen hat.“

„Ist eigentlich kein Problem, Herr Burkel.“

„Herr Doktor Burkel, bitte!“

„Entschuldigung, Herr Doktor Burkel. Also, ich würde Ihnen diese Teile gerne beschreiben, aber ich tu mich da echt schwer, denn die sehen halt so komisch aus.“

„Meinen Sie, Ihre Großtante würde sich bereit erklären, mich diese Fossilien ansehen zu lassen?“

„Das ist überhaupt nicht nötig, Herr Burkel.“

„Herr Doktor Burkel, bitte!“

„Entschuldigung, Herr Doktor Burkel. Ich habe die Fossilien hier bei mir zu Hause. Die Tante wohnt jetzt in so einer Senioreneinrichtung und sie durfte nur wenig von ihrem persönlichen Besitz mitnehmen. Die Teile aus dem Pütt hat sie mir überlassen."

„Nun gut! Es entspricht zwar nicht meinen Gewohnheiten, mich mit Menschen zu verabreden, die ich überhaupt nicht kenne, aber in diesem Fall mache ich gerne eine Ausnahme. Wir sollten uns unbedingt treffen. Ich weiß zwar noch immer nicht, wie Sie etwas von der Firma Schlenk in Erfahrung bringen konnten, denn die Siegermächte haben schließlich alles versucht, um jegliche Erinnerung daran auszulöschen. Aber auch darüber können wir uns ja in einem persönlichen Gespräch austauschen."

„Können wir gerne machen, Herr Burkel."

„Herr Doktor Burkel, bitte!"

„Entschuldigung, Herr Doktor Burkel. Soll ich zu Ihnen kommen oder sollen wir uns lieber in der Innenstadt in einem Café treffen?"

„Ein Café in der Innenstadt wäre mir lieber. Ich empfange nicht gerne Gäste. Wäre es morgen um 16:00 Uhr im Café Streber auf der Heinrichstraße recht?"

„Da kann ich nicht, da habe ich Mittagschicht. Geht es auch um halb acht?"

„Sehr gut", erwidert Burkel. „Und bitte vergessen Sie auf keinen Fall die besagten Artefakte."

„Bestimmt nicht. Ich bring dann alles mit, was mir die Tante überlassen hat, Herr Burkel."

„Herr Doktor Burkel, bitte!"

„Entschuldigung."

Am nächsten Tag sitzt Doktor Burkel schon lange vor der verabredeten Zeit im Café Streber. Nach fünfundachtzig ereignislosen Minuten, zwei Gläsern Chardonnay und einem Milchkaffee stellt er missbilligend fest, dass sich sein Gesprächspartner verspätet.

Nach weiteren zwölf Minuten öffnet sich die Tür und ein blonder, kräftig gebauter Mann Mitte vierzig betritt abgehetzt den Laden. Er trägt einen prall gefüllten Stoffbeutel mit Schalke-Emblem in der rechten Hand und geht zielstrebig zum Tisch des alten Akademikers.
„Guten Abend. Sind Sie Herr Burkel?"
„Herr Doktor Burkel, bitte!"
„Entschuldigung, Herr Doktor Burkel. Ich kenne Ihr Foto von Ihrer Homepage, war mir aber nicht ganz sicher. Es hat leider etwas länger gedauert, denn da war noch eine Teamsitzung in der Firma und der Betriebsrat hat das alles künstlich in die Länge gezogen. Ich habe die Fossilien mitgebracht." Der Neuankömmling weist mit der freien Hand auf den Schalke-Beutel. Doktor Burkel bedeutet ihm wortlos mit einer einladenden Geste, Platz zu nehmen. Der blonde Mann scheint Handwerker zu sein. Er bewegt sich auf stämmige Art und Weise, seine Hände weisen die typische Mischung aus Muskeln, Hornhaut und feinfühligen Fingerspitzen auf. Etwas bollerig zieht der Blonde ei-

nen Stuhl zurück und setzt sich. „Ich bin sehr froh, dass Sie Zeit gefunden haben, Herr Burkel."

„Herr Doktor Burkel, bitte!"

„Entschuldigung, Herr Doktor Burkel. Bin schon sehr gespannt, was Sie dazu sagen ..."

Der Mann kramt in seinem Beutel, wird jedoch von der schneidenden Stimme der Bedienung unterbrochen: „Sie wünschen?"

Servicewüste Deutschland! Keine Begrüßung, kein Lächeln, aber der Kunde bekommt das eindeutige Gefühl, allein durch seine Anwesenheit gut eingespielte Abläufe zu stören.

„Oh, sorry! Ich bin gerade erst gekommen und hab noch nicht in die Karte geguckt."

Der Gesichtsausdruck der Bedienung zeigt deutlich, dass sie nicht gewillt ist, sich mit einer so plumpen Ausrede abspeisen zu lassen. Ungeduldig klappert ihr Kugelschreiber auf einen Notizblock; mit dieser nonverbalen Wortgewalt wird der Kunde so aufgefordert, mit den Zickereien aufzuhören und endlich zu bestellen.

„Einen Kaffee, bitte." In fast entschuldigendem Ton verlassen die Worte die Lippen des Handwerkers, und erst als die Bedienung schon außer Rufweite ist, geht ihm auf, dass er doch gar keinen Kaffee wollte. Er wendet sich wieder der Tasche zu und entnimmt ihr einen in Zeitungspapier eingewickelten Kohleklumpen von der Größe einer Kartoffel. Doktor Burkel nimmt den Brocken entgegen. Ihm fällt auf, dass das Artefakt bedauernswert laienhaft transportgeschützt wurde. Beim Auswickeln lösen sich ein paar Kohlestückchen. Ein schnaufender, von einem missbilligenden Augenrollen begleiteter Ausatmer seitens des Akademikers verteilt feinen schwarzen Staub über die Tischplatte.

Burkel kramt nach einer Lupe, wird jedoch unterbrochen durch die Ankunft der Bedienung, die den Dreck missbilligend zur Kenntnis nimmt: „Brauchen Sie vielleicht einen Lappen?"

Das ist nicht als Frage gemeint. Vielmehr prangert die Frau mit diesen Worten alle Ungerechtigkeit der Welt an, die ihr in ihrem Leben widerfahren ist, beginnend bei ihrem Ex-Mann, der seinen Schwanz nicht in der Hose lassen kann, wenn da so eine Schlampe mit den Titten wackelt, über ihren Chef, der ihr unermüdliches berufliches Engagement nur mit einem Hungerlohn zu würdigen weiß, bis hin zu Gästen wie den vor ihr befindlichen, die nur Dreck, Arbeit und Umstände machen und zudem nicht wissen, was sie wollen, aber einen dreimal hin und her rennen lassen.

„Nein, wir brauchen keinen Lappen", äußert Burkel mit der abfälligen Geringschätzigkeit, die alle Akademiker auf der ganzen Welt der prolligen Ahnungslosigkeit von Leuten weit unter ihrem Bildungsstand entgegenbringen.

„Hier ist Ihr Kaffee", schimpft die Bedienung.

„Hätten Sie vielleicht noch etwas Milch?", fragt der Blonde zaghaft.

„Ham Sie aber nicht bestellt!"

„Tut mir ja leid, wenn ich jetzt Umstände mache, aber ich hätte trotzdem gerne etwas Milch für den Kaffee."

Die Frau wackelt ab und sieht sich bestätigt in ihrer Einschätzung der beiden Typen, die zu bedienen sie das verdammungswürdige Schicksal hat. Doktor Burkel hatte in der Zwischenzeit Gelegenheit zur genaueren Begutachtung der Artefakte.

„Das ist sehr interessant", lässt er sich vernehmen. „Was ist das hier?"

Sein Zeigefinger fuchtelt über einer geometrischen Struktur.

„Wissen Sie, Herr Burkel ..."

„Herr Doktor Burkel, bitte!"

„Entschuldigung, Herr Doktor Burkel. Wenn ich nicht wüsste, dass das vollkommen unmöglich ist, würde ich sagen, das ist eine Platine."

„Eine Platine?"

„Ja, eine Platine. Ein elektronisches Bauteil. Sehen Sie das hier?" Noch ein Finger überfuchtelt die besagte Struktur. „Das hier sieht aus wie Leiterbahnen. Hier ein Widerstand oder Kondensator, ein Transistor und wenn man von hier guckt ..." Der Blonde deutet Doktor Burkel an, dass er den Kohlebrocken etwas drehen soll. „Von hier sieht man einen IC-Chip. Was kann das denn wirklich sein?"

Doktor Burkel lässt sich noch zu keiner sachdienlichen Antwort hinreißen.

„Was haben Sie noch?", fragt der Gelehrte stattdessen.

Ein weiterer Zeitungsknubbel wird auf den Tisch gelegt. Er enthält wiederum ein Stück Kohle. Auf diesem Brocken ist ein Kippschalter zu erkennen. Zwei weitere Kohlefossilien bilden ein Stück eines Kabelbaums und ein Werkstück mit zölligem Innengewinde ab. Erwartungsvoll blickt der Handwerker in das Gesicht Doktor Burkels, doch noch immer deuten sich keine erklärenden Worte an. Offenbar fehlt es dem alten Mann noch an ein paar letzten entscheidenden Kriterien für eine verifizierbare Expertenmeinung. Burkel legt die Fossilien zunächst zur Seite, um sie später erneut zu thematisieren, und wendet sich direkt an den blonden Hünen: „Kommen wir erst einmal zur Firma Schlenk! Was wissen Sie darüber und wie haben Sie dies in Erfahrung gebracht?"

„Als meine Tante ins Seniorenheim gezogen ist, habe ich mich darum gekümmert, ihre Wohnung leer zu räumen. Da war jede Menge alter Krempel dabei, den man nur noch wegschmeißen konnte, aber auch ein paar Fotoalben, Erinnerungsstücke, Urlaubsandenken und was sich halt so im Laufe des Lebens ansammelt. Das meiste davon wollte Sie nicht in die neue Wohnung mitnehmen, und ich wollte es nicht weggeben, bevor ich alles mal durchgesehen hatte. Es gab da einen alten Werksausweis meines Großonkels von eben dieser Firma Schlenk und ein paar Fotos, die ihn vor dem Eingang der Werksanlagen zeigen."

„Sehr interessant", unterbricht ihn Doktor Burkel. „Die Alliierten haben damals unter Strafandrohung alle Werksangehörigen aufgefordert, Stillschweigen zu bewahren und sämtliche Dokumente und Fotos, welche die Firma betreffen, auszuhändigen. Es war abzusehen, dass sich nicht jeder daran hält, aber echte Fotodokumente sind dadurch natürlich selten geworden. Haben Sie die Fotos dabei?"

„Nein, darüber haben wir ja nicht gesprochen, und mir war nicht bewusst, dass sie von Interesse sein könnten, Herr Burkel."

„Herr Doktor Burkel, bitte!"

„Entschuldigung, Herr Doktor Burkel. Wenn wir uns noch mal treffen, können Sie die Bilder gerne sehen. So habe ich also das erste Mal von dieser Firma gehört, und ich war irritiert, nie zuvor davon gehört zu haben. Zu googeln hat auch nichts gebracht. Es kam nur ein YouTube-Clip zum Vorschein von irgend so einem Verschwörungstheoretiker, der behauptete, die Nazis hätten fliegende Untertassen gebaut und jene am Südpol in großen unterirdischen Anlagen versteckt. In der Videobeschreibung hat der Mann die Firma Schlenk erwähnt. Die hätten Bauteile für die Untertassen gebaut oder irgend so einen Quatsch. Auf jeden Fall war es unmöglich, darüber hinaus Infos zu bekommen. Das hat mich sehr neugierig gemacht. Irgendwann war dann halt Ihr Artikel im Stadtspiegel, und mein Kumpel Bodo meinte, ich solle doch einfach mal versuchen, mit Ihnen zu sprechen. Könnte ja sein, dass Sie etwas wissen. Damit hat er wohl recht gehabt, Sie wissen ja wirklich etwas."

„Das stimmt. In jahrelanger Recherche über die Industrie des Ruhrgebiets nach dem Krieg tauchte hier und da der Name der

Firma auf. Mir ging es da ähnlich wie Ihnen: Ich stieß auf eine Mauer des Schweigens! Nur sehr mühsam konnte ich einige Zeitzeugen ausfindig machen, die auch bereit waren, sich zu äußern. Was ich da zu hören bekam, hat mich bis ins Mark erschüttert und war so außergewöhnlich, dass ich mich entschied, meine Ermittlungsergebnisse nicht der Öffentlichkeit zu präsentieren. Ich hatte damals schon ein hohes Renommee und wollte nicht riskieren, mich in der Fachwelt der Lächerlichkeit preiszugeben. Also bewahrte ich dieses Wissen im Geheimen, doch habe ich inzwischen ein Alter erreicht, in dem ich diese Dinge mit jemandem teilen möchte. Ihre Email kam genau im richtigen Moment, um mir den letzten Anstoß dazu zu geben. Was ich beabsichtige, Ihnen zu erzählen, habe ich nie schriftlich festgehalten oder einem anderen Menschen erzählt. Bitte respektieren Sie meinen Wunsch, sehr diskret mit diesen Informationen umzugehen."

„Kein Problem, ich schweige wie ein Grab."

„Um es vorweg zu nehmen ... die fliegenden Untertassen, die Sie gerade erwähnten, gab es tatsächlich und sie funktionierten auch."

„Was erzählen Sie da?", unterbricht der Handwerker mit geschocktem Gesichtsausdruck. „Das kann doch wohl nicht sein!"

„Bitte!", erwidert der alte Mann und wirkt dabei etwas gereizt.

„Bitte seien Sie so gut und lassen mich ohne Unterbrechungen fortfahren. Sie werden gleich noch eine ganze Reihe ungewöhnlicher und schockierender Dinge zu hören bekommen. Ich beabsichtige nicht, zu jeder diese Fakten Frage und Antwort zu stehen. Sie sind das Ergebnis sorgfältiger Recherche, und es würde unser beider Zeit in hohem Maße vergeuden, sollte ich Ihnen gegenüber erst alles belegen müssen, was ich erzähle. Ich ersuche Sie da dringend um einen angemessenen Vertrauensvorschuss. Belege gibt es, und ich bin auch bereit, sie Ihnen vorzuweisen, doch bitte lassen Sie mich zunächst ohne Unterbrechung fortfahren oder ich werde jetzt sogleich diese Lokalität verlassen.“

„Okay, Herr Burkel.“

„Herr Doktor Burkel, bitte!“

„Entschuldigung, Herr Doktor Burkel. Ich bin still und ganz Ohr.“

„Diese fliegenden Untertassen, wie Sie sie nennen, entsprangen einem geheimen Forschungsprojekt der Nazis. Ihre amtliche Bezeichnung war Reichsflugscheiben. Es gab das Modell Haunebu in fünf verschiedenen Variationen und das Modell Vril. Die Haunebu wurde eher als eine Art Nutzfahrzeug verwendet, die Vril-Modelle waren eher elegante, schnelle Fahrzeuge mit fast schon repräsentativem Charakter. In der Tat wurden wichtige Teile des Chassis und des Antriebs der Haunebu bei Schlenk hergestellt. Dies war jedoch nicht der vorrangige Aufgabenbereich des Unternehmens, denn insgesamt wurden nur siebenundvierzig Haunebu-Modelle hergestellt und das rechtfertigt nicht den Bau einer so großen Industrieanlage wie die von Schlenk. Was Sie wissen müssen, ist, dass ein weitaus größerer Teil der Anlage unterirdisch verlief. Schächte von etlichen hundert Metern Tiefe, die nicht für die Kohleförderung bestimmt waren. Wofür aber dann?

Schlenk arbeitete eng mit dem Konzentrationslager in Witten zusammen. Die lieferten Arbeiter und Versuchsobjekte für genetische Experimente. Bitte verstehen Sie: Gentechnik in der heute bekannten Form gab es damals noch nicht. Wo hatten die Nazis dieses Wissen her und was steckte für eine Absicht hinter den Versuchen? In den USA konnte ich die Witwe eines Mannes ausfindig machen, der die Hölle überlebte, die sich da in den Katakomben der Firma abgespielt hat. Irgendwie gelang dem Mann die Flucht; er entkam dem Nazideutschland zusammen mit Frau und Bruder in Richtung Amerika. Wie das alles genau vor sich ging, ist eine lange Geschichte mit nur nebensächlichem Wert. Viel wichtiger ist die Geschichte, die mir die Witwe erzählte.

Die Arbeiter aus dem Konzentrationslager wurden nach Ankunft bei Schlenk untersucht und nach nicht näher bestimmbaren Kriterien in zwei Gruppen aufgeteilt. Die eine Gruppe wurde zur Arbeit in den Fabrikhallen herangezogen, die andere auf kleinen Schienenfahrzeugen tief unter die Erde in die Versuchslabore verbracht. So auch der Ehemann der Frau, mit der ich mich unterhielt. Sie bekamen eine Spritze und wurden in Zellen eingeschlossen. Bei einigen – wie dem besagten Überlebenden – geschah gar nichts, bei anderen muss eine dramatische Veränderung geschehen sein, denn aus den Nachbarzellen erklang ein Geschrei, das nichts Menschliches mehr an sich hatte. Kein

Schmerzensschrei, kein Verzweiflungsschrei, sondern der tiefe, hasserfüllte Schrei von ... Wesen mit riesigem Rachen.

Der überlebende Insasse sagte explizit, diese Menschen wurden verwandelt in etwas Unmenschliches, etwas Monströses. Etwas, das auch gefüttert werden musste. Der Mann hörte deutlich, wie täglich mehrmals, wie er sagte, ganze Herden von Rindern durch die Gänge getrieben wurden und wie sie panikartig schrien, wenn sie in die Zellen der Monster verbracht wurden. Sechs bis acht Mal täglich eine Kuh. Diese Wesen müssen ins Riesenhafte mutiert sein.

Und ein unerträglicher Gestank zog durch die Verliese. Die Wächter hatten Schutzmasken auf, wenn sie den normal gebliebenen Gefangenen ihr Essen brachten. Denen wurde dieser Luxus natürlich nicht zuteil, und wenn sich die Zellentür öffnete, war es die Hölle. Hinzu kam auch noch diese entsetzliche Unsicherheit, ob sie sich selbst, etwas zeitverzögert, in so ein abscheuliches Monster verwandeln würden.

Aus der Ferne war immer wieder eine Art rituelle Gesänge zu hören. Eine kakofonische Melodie, die von zu weit entfernt ertönte, um deutlich zu verstehen zu sein. Doch erzählte der Mann seiner Frau, dass diese Musik einfach böse klang und die Sprache sehr fremdartig war. Sie enthielt krächzende und schmelzende Laute, die in keiner ihm bekannten Sprache in dieser Weise vorkamen.

Wie genau die Flucht aus diesem Trakt vonstattenging, muss leider ein Geheimnis bleiben, denn ihr Mann äußerte sich nie zu

Details. Er kam als gebrochener Mann nach Hause, der sein gesamtes späteres Leben an Depressionen und Angstzuständen litt. Sein schwarzes Haar war vorzeitig ergraut und er war zeugungsunfähig. Ob er das vorher schon war, ist nicht klar, doch die Witwe führte dies auf die Injektionen zurück, die ihr Mann erhalten hatte. In Amerika arbeitete er bis zu seinem Tod im Jahre 1964 in einem Metallbetrieb, den sein Bruder gegründet hatte. Dieser Job war es wohl, der es dem Mann ermöglichte, seinen schwer geschwächten Lebenswillen nach Kräften aufrecht zu erhalten. Ungefähr ein Jahr vor seinem Ableben, so sagte mir die Witwe, kam es noch zu merkwürdigen Zwischenfällen. So verlor der Mann seinen Arm in einer Hydraulikpresse. Niemand war Zeuge dieses Unfalls. Die zerquetschten Überreste des Arms seien merkwürdig schleimig und von einer giftgrünen Farbe gewesen. Der Bruder ließ diese Reste entfernen und verpflichtete seine Mitarbeiter zur Verschwiegenheit. Die Maschine war nicht mehr gänzlich zu reinigen und stank seit dem Vorfall so sehr, dass sie entsorgt werden musste.

Der Mann verlor sein Haar, und auf seinem kahlen Kopf war immer eine Art schleimiger Schimmer zu sehen, wenn das Licht aus der richtigen Richtung kam. Seine Augen wurden trübe und milchig, doch die Sehkraft blieb erhalten. Außerdem habe er immer wieder geistig abwesend herumgesessen und vor sich hin gebrabbelt. Zunächst glaubte seine Frau, es handele sich nur um sinnlose Neologismen." Schnell fügt Doktor Burkel hinzu: „Frei erfundene Wortschöpfungen", und kommt damit der

Frage seines Gegenübers zuvor. „Später erkannte seine Gattin aber gewisse Muster und wiederkehrende Worte. Ich bat die Frau, mir diese aufzuschreiben, um sie von einem Sprachkundler übersetzen zu lassen. Moment bitte, ich habe sie hier in meinem Notizbuch." Burkel kramt umständlich in der Hosentasche seines leicht schmuddeligen Anzugs und bringt ein altes, ramponiertes Büchlein zum Vorschein, das von einem Gummiband zusammengehalten wird. An den Rändern schauen jede Menge lose Zettel heraus. Beim Öffnen fällt ein Kugelschreiber zu Boden. Burkel schert sich nicht darum. „Ah, ja, hier haben wir es ja", lässt er sich nach einigem Herumblättern vernehmen. „Vielleicht mögen Sie selbst lesen, es fällt mir schwer, das auszusprechen."

Burkel überreicht das Notizbuch, wobei einige lose Blätter herausfallen. Der blonde Mann nimmt es entgegen und liest den Satz: „Fenglui merglfnaf, Kutulu Rillyeh wagel fatagan." Dabei formen seine Lippen die Worte lautlos nach.

„Das kommt mir bekannt vor", sagt er zu Doktor Burkel, während er das Buch geräuschvoll zuklappt.

„Ist nicht Ihr Ernst?!"

Der Wissenschaftler scheint aufrichtig überrascht.

„Doch, das kam auch in dem YouTube-Clip vor. Im Zusammenhang mit dem mysteriösen Tod von diesem Völkerkundler vor ein paar Jahren."

„Davon weiß ich nichts. Bitte erzählen Sie."

Burkel rutscht unruhig auf dem Stuhl hin und her.

„Da lief doch mal diese Talkshow im Fernsehen", kommt der Handwerker der Aufforderung bereitwillig nach. „Es ging da um Besuche von Außerirdischen auf der Erde. Als Gast hatten die den Däniken und diesen Völkerkundler. Den Namen weiß ich nicht mehr. Und der erzählte eine komische Geschichte von Kulten, die auf der ganzen Welt verbreitet wären und einen Gott namens Kutulu anbeten würden. Und eine Woche nach der Sendung wurde die Leiche des Ethnologen gefunden. Die hing irgendwo im Rhein-Herne-Kanal an einem Schleusentor. Ein Schuss aus großer Entfernung direkt zwischen die Augen. Da waren Profis am Werk."

Doktor Burkel ist sein Unbehagen deutlich anzusehen. Fahrig verstaut er sein Notizbuch und bemüht sich, gedanklich zurück zum Thema zu kommen, was ihm schließlich auch gelingt: „Für das, was ich Ihnen jetzt weiter erzählen möchte, musste ich in Frankreich recherchieren. Nach dem Zweiten Weltkrieg taten sich die Alliierten ja bekanntermaßen sehr schwer, sich über das Ruhrgebiet, seine Industrie und seinen Status zu einigen. Und immer wieder tauchten da irgendwelche Expertenkommissionen auf, die Ortsbesichtigungen begingen, die Werke katalogisierten und dann den Politikern und den Militärs ihre Ergebnisse unterbreiteten. Es dauerte ja recht lange, bis sich alle einig waren. Nur in einer Sache fand man rasch einen Konsens. Da waren sich alle sehr schnell einig – und das war die Firma Schlenk.

Nur wenige Monate nach Kriegsende kamen hunderte von Betonwagen auf das inzwischen zum Sperrgebiet erklärte Betriebsgelände. Man kippte sämtliche unterirdische Anlagen mit Beton zu. Wochenlang tauchten diese Autos kolonnenweise auf. Sie gelangten nur nach strengen Kontrollen auf das Gelände und wieder herunter. Danach wurde das ganze Gebiet in die Luft gesprengt und der Schutt abtransportiert. Es sah alles so aus, als habe es niemals eine Fabrik gegeben. Das geschah ungefähr dort, wo jetzt die A43 die Emscher überquert.

Alle Dokumente über die Firma, deren die Siegermächte habhaft werden konnten, wurden eingesammelt und vernichtet. Grundbucheinträge verfälscht, Werksausweise einkassiert und jedem Einzelnen wurde unter drastischer Strafandrohung verboten, sich in welcher Form auch immer über den Betrieb zu äußern. Die meisten waren schlau genug, dies zu befolgen; die anderen verschwanden spurlos. Die Rechnung der Alliierten ging auf. Heute, nach einigen Generationen, weiß niemand mehr etwas über diesen mysteriösen Betrieb. Außer den Augenzeugen, die langsam, aber sicher aussterben, und den Leuten, welche die verbliebenen Akten dazu unter Verschluss halten. Natürlich blieben einige Beweisstücke unbemerkt in den Händen der Familien der Betriebsangehörigen, wie ja auch Ihre erwähnten Dokumente zeigen. Das war unvermeidbar, aber spielte keine Rolle, solange die Geheimhaltung nicht gestört wurde.

Was also wurde da nur gebaut oder hergestellt, das die Alliierten dazu bewog, so drastisch vorzugehen? Meine Recherchen über die Industrie des Ruhrgebiets nach dem Zweiten Weltkrieg verschlugen mich nach Colmar im Elsass. Dort lebte Dr. Francoise Guillement, der ab 1946 als Industrieexperte bei den Besichtigungen im Ruhrgebiet dabei war. Vor zwölf Jahren ist er verstorben. Als ich ihn seinerzeit aufsuchte, wusste ich noch nichts von Schlenk und diesen Dingen, sondern es ging mir um die Verifizierung einiger Hinweise, die ich privaten Gesprächen hatte entnehmen können. Guillement sprach perfektes Deutsch, allerdings mit einem sehr aufdringlichen französischen Akzent. Nach einigen historischen Belanglosigkeiten kam er in seinen Äußerungen recht schnell auf eine mysteriöse Erfindung eines deutschen Wissenschaftlers namens Schauberger zu sprechen. Es ging dabei um einen innovativen Flugzeugantrieb namens Repulsine. Bis dato hatte ich weder von diesem Erfinder noch von seiner Erfindung jemals etwas gehört.

‚Um den bevorstehenden Verlust des Krieges abzuwenden, ließen die Nazis nichts unversucht', erzählte der Franzose in plauderhaftem Ton. Ich zitiere: ‚Hitler und vor allem Himmler hatten schon immer einen Hang zum Okkultismus und riefen umfangreiche Programme mit grenzwissenschaftlicher Forschung und Nutzung ins Leben. Da gab es dieses Medium Maria Orsic, das durch eine Art trancehaftes Schreiben Informationen aus fremden Dimensionen offenbarte. Diese wunderschöne Frau brachte Sprachen zu Papier, die sie nicht kennen konnte.

Darunter auch altsumerisch in den zeitentsprechenden Schriftzeichen oder einige bösartige Hieroglyphen, die laut Orsic von unter der Erde stammen sollten. Die Baupläne einiger Versuchsaufbauten stammten angeblich von Aldebaran und seien ihr von dort auf telepathischem Wege übermittelt worden. Und genau hier kommt Schauberger ins Spiel. Er verwirklichte das, was Maria Orsic in Trance aufgezeichnet hatte. Die Pläne für die Repulsine und für scheibenförmige Fluggeräte, die im Ruhrgebiet gebaut wurden.'" Doktor Burkel hebt nun endlich den zu Boden gefallenen Kugelschreiber auf. „Ich war geschockt", erklärt der Gelehrte. „Scheibenförmige Fluggeräte ... Der Mann sprach von fliegenden Untertassen."

Doktor Burkels Sitznachbar am Café-Tisch blickt etwas gequält drein. Der Abend verspricht etwas anders zu verlaufen, als er es gedacht hat.

„War dieser Franzose denn ernst zu nehmen? Es gibt schließlich genug Bekloppte auf der Welt."

„Doktor Guillement erfreute sich in Fachkreisen eines tadellosen Rufs und einer über jeden moralischen Zweifel erhobenen Vita", erwidert Doktor Burkel. „Anfängliche Zweifel meinerseits verschwanden schnell angesichts der Überzeugungskraft dieses Mannes. Ich war und bin noch immer mit jeder Faser meines Körpers davon überzeugt, dass dieser Mann die Wahrheit sagte. Wo waren wir? Ach ja, bei den Flugscheiben. Schauberger wurde also mit dem Bau des Antriebs betraut, der Bau der Flugscheiben oblag einem Team von Ingenieuren. Die Arbeiten selbst wurden von den Gefangenen aus Witten übernommen. Doktor Guillement erzählte mir dazu Folgendes: ‚Herr Doktor Burkel, ich weiß, wie fantastisch sich dies alles anhört. Doch ich war dabei, als die Industriehallen gesichtet wurden. Ich habe die Flugscheiben im Hangar stehen sehen. Ich sah auf alten, geheimen Filmdokumenten der Nazis, wie die Scheiben starteten. Die Nationalsozialisten waren immer ganz vorne mit dabei, wenn es darum ging, moderne Technologie zu nutzen, also wurde so gut wie jeder Versuchsaufbau, jedes Experiment, sogar jede noch so peinliche Sexorgie der SS-Befehlshaber filmisch festgehalten. Es gab ein riesiges Archiv in den Kellern der Firma Schlenk. Es hätte Wochen gedauert, dies alles zu sichten. Die als wichtig angesehenen Filme wurden sichergestellt, alle anderen vernichtet, als die Gewölbe mit Beton zugegossen wurden. Ich sah unglaubliche Dinge auf den erhalten gebliebenen Filmen. Ungeheuerliche Dinge! Monströse Dinge! Ich sah den Start dieser Flugscheiben. Bei Nacht und ohne Positionslichter, sodass niemand ihre Form zu erkennen vermochte. Sie stiegen mit einer überirdischen Eleganz und mit einer unfassbaren Geschwindigkeit in den Himmel. Mit einer Wendigkeit, die allen Gesetzen der Physik – Impulserhaltung, Masseträgheit, Gravitation ... – zu trotzen schien. Ich sah die trancehaften Niederschriften von Maria Orsic, deren wunderschönes Gesicht sich zu einer Fratze verzerrte, wenn sie telepathische Botschaften empfing. Und ich sah die Versuchslabore unter der Erde. Den Gefangenen wurde eine fremdartig wirkende Substanz injiziert. Die Schwarz-Weiß-Filme ließen es nicht zu, Genaues zu erkennen. Die Substanz schien zu leuchten. Es kam zu grauenhaften Verwandlungen, die mich nach so vielen Jahren noch immer ins Mark erschüttern. In einem Moment stand da noch ein Mensch und im nächsten ein ... Ungeheuer. Abscheulich! Mit Tentakeln anstelle der Arme! Der Mund war zu einer riesigen Öffnung geworden mit zentimeterlangen, spitzen Zähnen und einer fleischigen, überdimensionalen Zunge mit Saugnäpfen. Furchtbar, sage ich Ihnen. Und ich sah die Rituale und Götzendienste für die unaussprechlichen Gottheiten, die den Nazis den Sieg über die Erde versprochen hatten. Im Gegenzug für was, frage ich Sie, lieber Kollege Burkel. Was war die Gegenleistung? Trotz gründlicher Recherche konnten wir dazu nichts herausfinden. So viel Aufschluss gaben diese widerwärtigen Filme nicht. Die Rituale waren von abstoßender Brutalität und dieses ... dieses ... Höllenmantra ... wurde mit einer Regelmäßigkeit wiederholt, dass es sich wie ein Geschwür ins Hirn setzte, um es nie wieder zu verlassen: Haaiih, Haaiih, Kutulu fatagn, Fenglui merglfnaf, Kutulu Rillyeh wagel fatagan. KUTULU RILLYEH. Fenglui merglfnaf, Kutulu Rillyeh wagel fatagan. Doch war dies nicht das Schlimmste. Bei genauer Untersuchung der unteren Geschosse des Firmengeländes fanden wir einen geheimen Zugang zu einem Hochsicherheitstrakt. Es dauerte Tage, bis dieses immense Tor geöffnet werden könnte. Ein Fahrstuhl führte in die Tiefe zu einem Stollen. Dort waren die Verliese. Die Nazis hatten diese unaussprechlichen Monster einfach eingeschlossen und sich selbst überlassen. Das Geschrei und der Gestank waren überwältigend. Wer kann ahnen, wie lange die Wesen dort schon ohne Nahrung unter Verschluss waren? Einem grausamen, langsamen Hungertod überlassen. Einer der Amerikaner kam dem Gitter zu nahe und wurde von einem Tentakel ergriffen. Das Wesen zog ihn durch die Gitterstäbe zu sich hinein. Er war schon tot, als sich das Monster über ihn hermachte. Das mag ein Segen gewesen sein. Wir anderen kamen überein, dass Mitleid hier nicht angebracht sei. Das Monster war eine leibhaftige Verhöhnung alles Lebenden und musste erbarmungslos zerstört werden. Schüsse durch das Gitter brachten keinen Erfolg, sondern versetzten das abstoßende Tier nur noch mehr in Rage. Nähern konnte man sich ihm nicht und so entschied sich der Ausschuss für die Lösung mit dem Beton. Die ganze Anlage wurde zugegossen und der oberirdische Teil dem Erdboden gleichgemacht. Doch die Schreie hörten nicht auf. Sie drangen leise durch den Erdboden, als würden diese Dämonen noch leben. Wer kann es wissen? Vielleicht leben in der Tiefe unter den Bergwerken noch immer diese Ausgeburten der Hölle und warten auf Befreiung. Es soll Geräusche gegeben haben, die diesen Schluss zulassen.' Das war es, was mir Dr. Guillement damals erzählte."

Mit einem Ächzen schließt Doktor Burkel seinen Bericht und verfällt in nachdenkliches Schweigen. Sein blonder Gesprächspartner gibt ebenfalls keinen Mucks von sich und brütet dumpf vor sich hin. Es dauert einen Moment, bis er sich wieder zu ein paar Worten aufraffen kann: „Warum hat er Ihnen das erzählt? Was glauben Sie, Herr Burkel?"

„Herr Doktor Burkel bitte!"

„Entschuldigung, Herr Doktor Burkel. Also, was denken Sie?"

„Ich denke, dass es ihm so ähnlich ging wie mir jetzt. Er schleppte schon seit vielen Jahren dieses grausame Wissen mit sich herum und nutzte die Gelegenheit, es einem Menschen zu erzählen, als sich die Möglichkeit ergab, dies zu tun, ohne sich der Lächerlichkeit preiszugeben. Ich baue ganz auf Ihr Schweigen, denn wie man an dem Völkerkundler sieht, ist es gefährlich, etwas zu wissen. Ich werde jetzt nach Hause gehen, denn es ist spät. Ich halte es für eine gute Idee, ein Treffen wie dieses zu wiederholen, schließlich gibt es noch eine Menge mehr, das ich zu erzählen habe. Wenn es Ihnen nichts ausmacht, würde ich diese interessanten Stücke", Burkel zeigt auf die Kohleklumpen, „gerne mitnehmen und einer genaueren Untersuchung unterziehen. Sie bekommen sie auf jeden Fall unversehrt zurück."

Der blonde Handwerker nickt und erhebt sich von seinem Stuhl. Ohne ein weiteres Wort verlassen die beiden Männer das Café und gehen in unterschiedlicher Richtung auseinander. Dass ihnen die ungehaltene Stimme einer aufgebrachten Kellnerin etwas wie Zechpreller hinterherruft, bekommen sie nicht mit.

# DER FALL DER AHIN-GÜL

In stationärem Orbit schwebt eine riesige Scheibe über dem blau-weißen Planeten.

Seit vier Sonnenumläufen beobachten die Ahin-Gül das Geschehen auf dem Versuchsgelände zwanzigtausend Kilometer unter ihnen. Der Erste Offizier Morgenstern läuft nachdenklich über die Brücke und wartet ungeduldig darauf, dass die Sonden ihre Daten schicken.

„Herr Sternenlicht", wendet er sich an einen der Wissenschaftler, der unruhig auf seinem Stuhl hin- und herrutscht, „ist es inzwischen absehbar, wann die Daten eintreffen?"

„Tut mir leid, Herr Morgenstern. Wir können leider nichts anderes tun, als abzuwarten. Die Verbindung hat sich bereits etabliert, doch es sind noch keine Daten unterwegs."

„Verdammt, ich mache mir echte Sorgen. Hier geht es um das Leben von fühlenden Wesen. Mir ist immer noch nicht klar, warum der Kapitän diesen Versuch überhaupt gestartet hat."

Da Morgenstern seine Bedenken offiziell ins Logbuch eintragen ließ, nimmt er es leicht, diese Kritik am gottgleichen Kapitän zu äußern. Beide waren einmal ein Dreamteam, doch das ist lange her, denn diese lange Reise quer durch die Galaxie hat die anfänglich liebenswerten Eigenarten der beiden Individuen zu nervigen Egoismen werden lassen. Morgenstern ist Realist genug, um zu wissen, dass der Kapitän dies genauso sieht. Wobei sehen vielleicht nicht das richtige Wort ist bei einem Wesen, das über gar keine körperlichen Sinne mehr verfügt. Der Kapitän eines Raumschiffs verbringt seine Reisezeit verkabelt in einem Nährlösungstank und ist nur noch virtuell über den Schiffscomputer mit seiner Umwelt verbunden. Ein Leben im Cyberspace, das zu führen nur die wenigsten Ahin-Gül in der Lage sind, verbunden mit allen daran geknüpften Vor- und Nachteilen. Im Gegenzug für die Aufgabe ihrer körperlichen Existenz wird ihnen eine fast religiös anmutende Verehrung zuteil. Das Wort eines Kapitäns ist Gesetz, Insubordination kommt einer Gotteslästerung gleich.

Morgenstern war schon mit dem Kapitän befreundet, als dieser noch einen Körper hatte und beide auf der Raumakademie studierten. Der Einsatz auf dem gleichen Raumschiff versprach ein großes Abenteuer zu werden, doch nach wenigen Monaten begann der Kapitän, Eigenarten auszubilden. Schwer nachzuvollziehende Befehle, die nicht mehr von der einvernehmlichen Zustimmung der Besatzung, sondern vom Gehorsam und durch die Angst vor den Konsequenzen des Ungehorsams getragen wurden. Anfänglich war der Kapitän noch zugänglich für die Argumente Morgensterns, denn es war schließlich die Aufgabe des Ersten Offiziers, zu beraten und alternative Sichtweisen aufzuzeigen. Eine Art Mittelsmann zwischen Besatzung und Kapitän, der immer das Wohl der Mission im Auge zu behalten hatte. Später spielte der Kapitän mehr und mehr seine Befehlsgewalt aus.

Die letzte Anweisung des Ranghöchsten brachte den endgültigen Zwist. Da der Kapitän immer die letzte Entscheidungsbefugnis hat, blieb Morgenstern nur die Dokumentation seiner Einwände, um sie später – nach der Rückankunft zu Hause – den Vorgesetzten vorzulegen. Dem Kapitän gefiel dies natürlich gar nicht.

Es ging dabei um gentechnologische Veränderung der Primaten auf dem Planeten unten. Morgenstern hatte sie erlebt, als er ihnen bei einer Ortserkundung leibhaftig gegenüber stand. Sie waren noch nicht weit entwickelt, mehr Tiere als Menschen, aber sie waren glücklich und hatten noch eine lange natürliche Phase der Evolution vor sich. Wer weiß, welche Wunder diese Rasse hervorgebracht hätte, wäre da nicht der Kapitän mit seiner hirnrissigen Idee gewesen, den Evolutionsprozess gentechnisch zu beschleunigen, um sie für niedere Arbeiten heranzuziehen. *Das ist Sklaverei!*, dachte Morgenstern und teilte dies auch so dem Kapitän mit – noch in der Hoffnung, ihn überzeugen zu können. Doch der Oberbefehlshaber wich keinen Millimeter von seinen Ansichten ab, und den harmlosen Primaten wurde eine Lösung injiziert, die innerhalb der nächsten zwei bis drei Generationen die gewünschten Veränderungen herbeiführen sollte. Da die Lebensspanne der Ahin-Gül weit über jener der Primaten lag, wäre das Ergebnis in subjektiv kurzer Zeit zu erwarten. *Und jetzt ist es so weit*, denkt Morgenstern mit missmutiger Stimmung. Es wird der erste Wurf von Neugeborenen der vierten Generation erwartet. Diese Primaten sind zäh. Drei Generationen waren nicht genug, um die Veränderung dauerhaft zu etablieren. Morgenstern erfüllt dies mit einer grimmigen Genugtuung.

„Herr Morgenstern, die Bilder treffen ein", unterbricht Sternenlicht das Grübeln seines Vorgesetzten.

Der Angesprochene dreht sich um und rennt zum Bildschirm. *Verdammt!*, denkt Morgenstern, als er seine Befürchtungen bestätigt sieht. Der neugeborene Primat kommt vollkommen haarlos zur Welt. Das Konzept Kleidung ist den Eltern völlig unbekannt. Das kleine Wesen wird erfrieren, unten herrscht die kalte Jahreszeit. Kollateralschäden, wird der Kapitän argumentieren, aber der erste Schritt auf dem Weg zur Züchtung dieser billigen Arbeitskräfte. *Das ist Missbrauch der Macht*, denkt Morgenstern. *Das kann er doch nicht machen. Und sollten sie tatsächlich überleben, droht diesen unschuldigen Wesen Leben in Leid und Sklaverei.* Das Undenkbare rückt für Morgenstern in greifbare Nähe: Befehlsverweigerung, Sabotage dieses unseligen Versuchs, Meuterei!

„Ich muss es genau wissen", sagt Morgenstern mehr zu sich selbst als zu einem Zuhörer. Er aktiviert seinen Kommunikator und wendet sich an Meereswind, den diensthabenden Mitarbeiter auf der Shuttlerampe: Herr Bunte Blüten, hier ist Morgenstern. bitte bereiten Sie ein Landungsshuttle vor. Ich möchte mich unten auf dem Planeten einmal umsehen."

„Was willst du auf dem Planeten, Morgenstern?", lässt sich die misstrauisch wirkende Stimme des Kapitäns aus dem Lautsprechersystem vernehmen.

Er hat den letzten Befehl natürlich mitbekommen und ist skeptisch, was die Absichten seines Ersten Offiziers angeht.

„Wie Sie wissen, Herr Kapitän, bin ich in meinem Körper noch immer auf sinnliche Wahrnehmung angewiesen. Sie mögen derartige Unzulänglichkeiten ja inzwischen überwunden habe, doch ich selbst und der Rest der Mannschaft braucht zum Begreifen noch immer die Augen, die Ohren, eine Nase und die Haut. Und genau deshalb will ich da runter. Ich möchte mir ein Bild der Situation verschaffen."

„Die Daten sind aber doch inzwischen eingetroffen", äußert sich der Kapitän.

„Das reicht mir nicht. Wenn Sie es mir nicht ausdrücklich verweigern, werde ich mich jetzt gleich in dieses Shuttle setzen und da runtergehen. Und Sternenlicht und Bunte Blüten nehme ich mit, damit wir unsere Eindrücke miteinander abstimmen können und zu einer verifizierbaren Situationsbeschreibung kommen." Es vergeht eine kurze Wartezeit, bis sich der Kapitän wieder verlauten lässt. Offensichtlich konnte er nichts Bedrohliches in den Absichten des Ersten Offiziers erkennen, und den Shuttleflug zu unterbinden, würde seine ohnehin angeschlagene Akzeptanz bei den Untergebenen weiter untergraben. Also stimmt er zu. „Danke, Herr Kapitän", sagt Morgenstern, ohne dass tatsächlich echte Dankbarkeit vernehmbar ist. Er winkt

Sternenlicht zu sich, begibt sich ohne weitere Worte zum Aufzug. Mit dem Kommunikator ruft er Bunte Blüten an und fordert ihn auf, sich umgehend zur Shuttlerampe zu begeben und Shuttle 1701-D für den Abflug vorzubereiten.

Nur wenige Augenblicke später treffen Morgenstern und Sternenlicht im Hangar ein und finden dort ein startbereites Shuttle im Stand-by-Modus vor, mit einem ernst dreinblickenden Bunte Blüten auf dem Pilotensitz. Eilig steigen die Neuankömmlinge ein. Bunte Blüten eröffnet die Startsequenz, zeitgleich öffnet sich das Außentor. Nur noch ein bläulich blinkendes Kraftfeld schützt das Innere des Hangars vor dem kalten Vakuum des Weltraums. Das Shuttle 1701-D ist mit einer energieneutralen Schicht überzogen und kann das Kraftfeld luftabschließend durchdringen. Kein Spalt, keine Lücke zwischen dem Chassis des Landeboots und dem Kraftfeld erlaubt es der Atmosphäre des Raumschiffs, nach draußen zu entweichen. Kaum im Weltraum betätigt Sternenlicht einen Schalter. Mit ernster Miene blicken sich die drei Insassen an.

„Shuttle 1701-D auf Missionsflug zu Planet Gaia 3. Ziel: genetische Versuchsstation auf dem mittleren Kontinent. Bitte um Bestätigung", spricht der Pilot deutlich in seinen Kommunikator. Keine Antwort. Er wiederholt: „Shuttle 1701-D auf Missionsflug zu Planet Gaia 3. Ziel: Genetische Versuchsstation auf dem mittleren Kontinent. Bitte um Bestätigung."
Erneut erfolgt keine Reaktion vom Mutterschiff.

„Bist du sicher, dass wir jetzt vollkommen isoliert und abhörsicher sind?", fragt Morgenstern seinen Piloten. „Wird der Kapitän definitiv nichts von dem mithören können, was wir hier besprechen?"

„Sieht wohl so aus", antwortet Bunte Blüten. „Es war sehr vertrackt und hat lange gedauert, aber es ist mir gelungen, die Überwachungssysteme eines nach dem anderen zu überbrücken. Einen Funktionstest konnte ich natürlich nicht machen, sonst hätte der Kapitän etwas bemerkt."

„Und jetzt bemerkt er nichts?"

„Doch, schon. Er bemerkt, dass die Verbindung zu uns unterbrochen ist und seine Sensoren dieses Shuttle nicht mehr erreichen. Nach unserer Rückkehr zum Mutterschiff müssen wir ihm plausibel eine technische Panne als Ursache servieren. Auch das habe ich schon vorbereitet. Darüber können wir aber später noch reden. Jetzt ist erst mal wichtig, dass der Kapitän uns nicht überwachen kann. Wir können also frei sprechen."

Morgenstern nickt. Er erinnert sich daran, wie schwierig es auf dem Schiff war, sich vom Kapitän unbemerkt auszutauschen. Der ‚Obergott' kann sich in jedes einzelne Mannschaftsabteil einloggen – sämtliche Gänge, die Brücke, der Krankenflügel, die Shuttles ... Alles kann jederzeit vom Kapitän ins Visier genommen werden. Tatsächlich gibt es nur einen Ort auf dem Schiff, der nicht unter Beobachtung steht – und den lernen schon kleine Schulkinder früh als Ort des geheimen Informationsaustauschs kennen. Ein heimlicher Blick auf einen Spickzettel, geheimer Treffpunkt zum Rauchen, unauffällige Absprachen zu Prüfungsthemen. Dafür gibt es nur einen Ort: das Klo!

Anfangs war es nur das zustimmende Nicken von Sternenlicht, als Morgenstern die Augen rollte über einen unsinnigen Befehl des Kapitäns. Dann eine zustimmende, aber ungefährlich neutral klingende Bemerkung. Auf diese Weise bemerkten Morgenstern, Sternenlicht und Bunte Blüten nach einiger Zeit, dass sie sich etwas zu sagen haben, von dem der Kapitän aber besser nichts mitbekommen sollte. Ein mit nonverbaler Kommunikation schwer zu erreichendes Ziel gelang dann doch irgendwann. Sternenlicht und Bunte Blüten konnten eine Zeit vereinbaren, wann sie sich auf der Toilette treffen würden. Es wurden Kassiber ausgetauscht, und im Laufe der Zeit entstand ein Plan, dem unseligen Wirken des Kapitäns entgegenzuarbeiten. Eine Rebellion gegen den gottgleichen Oberbefehlshaber – so undenkbar das ist! Ein Sakrileg, Ketzerei, Blasphemie! Und entsprechend drastisch können da die Disziplinierungsmaßnahmen ausfallen, denn ein Kapitän hat einen sehr großen Ermessensspielraum.

Jetzt auf dem Shuttle ist es die erste Gelegenheit für die drei Agitatoren, miteinander zu sprechen. Alles andere vorher lief schriftlich.

„Morgenstern an Mutterschiff. Morgenstern an Mutterschiff." Keine Antwort. Die Abschottung des Shuttles vor den Sensoren des Schiffes und somit auch vor denen des Kapitäns war erfolgreich. Jetzt kann frei geredet werden. „Gut", sagt Morgenstern. „Ich glaube, wir sind uns einig darüber, was wir von den Experimenten mit den Primaten auf Gaia halten sollen. Jetzt geht es also nur noch darum, wie wir dem entgegenwirken können und was für Strategien sich anbieten."

„Wir müssen uns erst einmal umsehen, um genau zu wissen, wie weit die Experimente vorangeschritten sind", meint Sternenlicht. „Erst dann können wir einschätzen, ob wir etwas tun können, um zurückzurudern."

„Es ist euch sicherlich klar, was passiert, wenn wir der Insubordination überführt werden. Wir sind dann völlig der Willkür des Kapitäns ausgeliefert, bis hin zur ernsthaften Bedrohung von Leib und Leben", erinnert Morgenstern seine Gesinnungsgenossen überflüssigerweise. „Es ist jetzt noch die Gelegenheit, auszusteigen. Wenn wir erst am Boden sind und erste Schritte unternommen haben, ist es zu spät. Dann hängen wir drin. Sind wir uns immer noch einig?" Die beiden Mitreisenden nicken mit grimmigem Gesichtsausdruck. „In Ordnung", sagt Morgenstern und ist sichtlich froh über den Konsens, der die drei Ahin-Gül verbindet.

„Es ist Zeit für die Landesequenz", sagt Bunte Blüten. „Touchdown in einhundertzwanzig Sekunden. Go für Trägheitsdämpfer ... jetzt!"

Augenblicklich verschwindet der Druck des Bremsmanövers. Ein Landevorgang in so kurzer Zeit erfordert eine Bremsung, die lebende Organismen als blutigen Flatschen auf der Sichtscheibe des Shuttles hinterlassen würde. Zugleich arbeiten die Hitzeabschirmungsfelder auf Hochtouren. Bunte Blüten ist dieser Vorgang immer unheimlich. Einerseits weiß er um die mehrfach notfallabgesicherte Technologie, die es statistisch unmöglich macht, dass etwas schiefgehen kann, andererseits weiß er, dass ihn nur wenige Zentimeter von mehreren tausend Grad Reibungshitze trennen. Er konnte ein gewisses Unwohlsein niemals überwinden.

Nach neunzig Sekunden ist alles vorbei. Es folgt ein harmloses Landemanöver ganz in der Nähe des abgesperrten Versuchsterritoriums. Das Gebiet umfasst eine Größe von dreiundzwanzig Quadratkilometern. Es ist nicht bewacht, denn ein Kraftfeld macht es den innen lebenden Wesen unmöglich, nach außen zu gelangen. Sabotage wird nicht befürchtet, denn schließlich sind die Ahin-Gül die einzigen intelligenten Lebewesen in diesem Teil der Galaxie. (Eine Annahme, die sich leider schon in kurzer Zeit als falsch erweisen wird.) Die äußeren Bedingungen auf Gaia 3 sind denen auf dem Heimatplaneten der Ahin-Gül so ähnlich, dass keine Schutzanzüge erforderlich sind. Nur die jahreszeitliche Kälte macht eine wärmeisolierende Kleidung notwendig. Umso verwerflicher empfindet Morgenstern die Selbstgerechtigkeit seines Kapitäns, mit dem Leben von Wesen zu spielen, die in nur wenigen hunderttausend Jahren einen Entwicklungsstand erreichen können, der dem seiner Rasse in nichts nachsteht. Eine Entwicklung, die es so nicht geben wird, wenn es nach dem Willen des Kapitäns geht. Ein Gefühl von Abscheu steigt in Morgenstern auf.

Das Kraftfeld lässt sich leicht durchdringen, denn die drei Weggefährten sind im Besitz eines Neutralisators. Im Inneren dauert es nicht lange, bis sie deutliche Lebenszeichen erkennen: verlassene Lagerstätten, Essensreste ... nach einiger Zeit auch eine erfrorene Leiche. Es handelt sich um ein erwachsenes Männchen von circa hundertfünfzig Zentimetern Körpergröße und von Kopf bis Fuß mit Fellbewuchs.

„Meine Güte, wie soll es denn dann dem haarlosen Neugeborenen gehen?", fragt der Erste Offizier. „Jetzt ist Eile geboten. Wie weit ist es noch bis zum Ort des Geschehens?"

„Etwa drei Kilometer", antwortet Sternenlicht. „Bei dem Pflanzenaufkommen hier in dieser Gegend werden wir für die Strecke mindestens neunzig Untereinheiten benötigen, bis wir dort sind."

Mit erhöhter Anstrengung kämpft sich das Trio durch den Wald. Nach tatsächlich etwa neunzig Minuten gelangen sie an eine kleine Lichtung und hören ein Geräusch. Zwei jammernde Stimmen – erschreckend denen der Ahin-Gül ähnlich. Vorsichtig nähern sie sich, aber ohne sich zu verstecken. Die Primaten sollen sie schon von Weitem sehen, auch wenn es nicht sicher ist, dass die drei Ahin-Gül freundlich empfangen werden. Von der Reaktion auf den Besuch – sei es nun Furcht, Aggression oder Neugier – erwarten sich die Expeditionsteilnehmer erste Aufschlüsse über die Wesensart und auffällige Besonderheiten der Primaten. Ungefähr achtzig Meter sind es noch bis zum Lager. Morgenstern macht sechs Stammesangehörige aus. Zwei davon bewachen aufrecht stehend das Lager, zwei jammern lautstark und gestikulieren voller Verzweiflung, zwei weitere Primaten versuchen, das trauernde Paar zu trösten.

„Seht ihr das?", fragt Bunte Blüten seine Mitstreiter. „Die genetischen Experimente sind erfolgreich. Normalerweise hätten die Wesen niemals auf natürliche Weise den aufrechten Gang angenommen. Zumindest noch nicht. An diesem Punkt ihrer Entwicklung wäre dies viel zu früh. Schließlich macht der evolutionäre Druck den aufrechten Gang nur in Steppengebieten sinnvoll, um weit schauen und Feinde oder Futter bereits aus großer Entfernung sehen zu können. In einem Waldgebiet ist ein Wesen mit gebückter Haltung und Greifwerkzeugen an allen vier Gliedmaßen besser fürs Überleben ausgerüstet. Außerdem sehen wir hier erste Anzeichen von Sozialverhalten und den Beginn einer rudimentären Sprache."

„Man mag vom Kapitän halten, was man will, aber er ist ein wirklich genialer Wissenschaftler", meint Sternenlicht. „Leider nutzt er sein immenses Wissen nicht zum Wohle der fühlenden Wesen. Er ist vollkommen korrumpiert von den wirtschaftlichen Interessen unseres Heimatplaneten. Und für den Profit ist er zu vielen Opfern bereit, solange er nicht selbst das Opfer ist."

„Dann lasst uns sehen, wie groß das Unheil ist, das er angerichtet hat", erwidert Morgenstern mit ernster Miene.

Den Rest des Wegs gehen die drei schweigend. Die beiden Wächter haben sie längst bemerkt und eine unsichere Verteidigungsposition eingenommen. Sie wissen nicht, was jetzt zu tun ist, denn eine solche Situation ist ihnen fremd. Noch nie haben sie Wesen wie diese gesehen. Die drei Neuankömmlinge sind ganz schwarz und haben weder Gesichter noch Augen. Da den Humanoiden das Konzept von Kleidung noch gänzlich fremd ist, können sie auch mit den Schutzhelmen der fremden Wesen nichts anfangen. Gefühle von Furcht, aber auch von abwartender Neugier steigen in den Wächtern auf. Mit ein paar Ruflauten machen sie ihre Artgenossen auf die fremden schwarzen Wesen aufmerksam. Drei weitere Humanoide richten sich auf. Der letzte – offenbar ein Weibchen – bleibt schluchzend am Boden.

In zwanzig Metern Entfernung bleiben die schwarzen Wesen stehen. Sie greifen nach oben, und mit Entsetzen müssen die Primaten erkennen, wie sich die Fremdlinge die Köpfe abreißen. Die Panik weicht bloßem Erstaunen, denn die Fremden haben jeweils noch einen weiteren Kopf; einen hellhäutigen, der unter dem schwarzen Haupt versteckt war. Die drei Wesen breiten die Arme aus, als sie sich nähern. Eine für die Ureinwohner dieses Planeten unbekannte Geste, die sie indes intuitiv richtig zu deuten verstehen: Die Hände sind leer, die seltsamen Wesen tragen keine Waffen. Es gibt keine Bedrohung. Die hellen Gesichter der schwarzen Männer sind den Gesichtern der Stammesangehörigen nicht unähnlich, haben nur weniger Haare. Sie lächeln. Die Stammesangehörigen sind noch zu tief in ihre Trauer versunken, um zurückzulächeln, doch lassen sie nun ihr Misstrauen fallen. Diese drei merkwürdigen Wesen sind keine Feinde, sie sind Freunde.

In direkter Nähe zu den Primaten (*Meine Güte, das sind doch keine Tiere mehr*, denkt Morgenstern. *Das sind Wesen wie wir!*) nehmen die Schwarzen ihre Hände zusammen, bis sich die flachen Handflächen vor dem Herzen berühren. Dazu neigen sie ihre Köpfe. Die Geste ist zugleich eine Begrüßung wie auch eine Respektsbekundung. Die Schwarzen werden eingeladen, sich zu der sechsköpfigen Gruppe der Ureinwohner zu gesellen. Sie nehmen alle im Schneidersitz auf dem Boden Platz – bis auf die Wächter, die weiterhin in aufrechter Position die Umgegend erforschen.

Jetzt hat Morgenstern das erste Mal die Gelegenheit, den Anstoß der tiefen Trauer zu erblicken. Wie er es schon befürchtet hatte, handelt es sich um ein totes Neugeborenes. Es ist gänzlich ohne Haare und hatte keine Chance, die Kälte zu überstehen. Es starb innerhalb weniger Stunden, aller vergeblichen Hilfsversuche seiner Eltern zum Trotz. Morgenstern, Sternenlicht und Bunte Blüten sind erschüttert. Tränen steigen in ihnen auf, als sie in das verzweifelte Gesicht der Mutter sehen. Es ist vollkommen egal, welche hehren Ziele die Ahin-Gül verfolgen. Wenn eine Aktion so viel Leid hervorbringt, kann sie nicht richtig sein. Es muss immer eine Möglichkeit geben, Entwicklungen auch ohne solche massiven Eingriffe voranzubringen. Der Abscheu vor dem ‚gottgleichen‘ Kapitän wächst. Bei der Rasse der Ahin-Gül ist etwas gründlich schiefgegangen in der Entwicklung, wenn die Vernichtung von Leben nur als Kollateralschaden bei der Erreichung eigener Ziele in Kauf genommen wird.

Morgenstern, Sternenlicht und auch Bunte Blüten hatten sich eine Strategie zurechtgelegt, falls ihre Befürchtungen wahr werden würden. Und genau dieser Fall ist jetzt eingetreten. Es gilt, diese Wesen zu schützen und ihnen ein Leben in Freiheit zu ermöglichen. Weg von der Tyrannei der Ahin-Gül, einem selbstbestimmten Leben folgend. Und es muss schnell gehandelt werden, denn die Versklavung der unschuldigen Ureinwohner steht kurz bevor. Der erste Sklave ist schon geboren und liegt nun tot auf dem Boden dieses Planeten.

Die drei Dissidenten sind sich bewusst, dass der Plan des Kapitäns bereits jetzt irreparable Folgen hat. Es ist unmöglich, die Ergebnisse dieser ersten Phase einfach rückgängig zu machen. Es kann leider nur auf Schadensbegrenzung hinauslaufen. Diese Wesen brauchen Wissen, Erkenntnis, Intelligenz. Letztere ist sicher schon vorhanden, doch hat die Rasse keine Zeit, auf natürliche Weise ein individuelles Weltbild zu erarbeiten. Der Prozess muss beschleunigt werden, sonst finden sich alle Humanoiden des Planeten bald in Arbeitslagern auf weit entfernten Planeten wieder.

Das Intelligenz fördernde Medikament muss oral eingenommen werden. Es unterstützt die Vernetzung der Hirnsynapsen und wird auf jeden Fall die kognitiven Fähigkeiten steigern. Wichtiger jedoch ist der genetische Einfluss; die nächsten Generationen werden mit erheblich leistungsfähigeren, größeren Gehirnen geboren werden. Die Wesen werden über Selbsterkenntnis und eine Intelligenz verfügen, die sie für die Sklavenarbeit unbrauchbar macht.

Bunte Blüten sieht sich um und findet Essensreste am Boden des Lagers – darunter auch der abgekaute Überrest einer einheimischen Frucht. Es gelingt ihm gestenreich, in Erfahrung zu bringen, wo dieses Obst wächst. Der Baum befindet sich ganz in der Nähe auf der Lichtung. Bunte Blüten begibt sich dorthin. Es gelingt ihm, mithilfe seiner Strahlenpistole ein paar Früchte zu ernten. Die Kälte an diesem Ort scheint dem Obst nicht geschadet zu haben. Die Früchte sind reif und weich genug, um gegessen werden zu können. Ein kurzer Scan mit dem Spektrometer ergibt, dass das Obst auch von der Rasse der Ahin-Gül unbedenklich verzehrt werden kann. Bunte Blüten kramt eine Injektionsnadel aus einer Gürteltasche, präpariert sechs der Früchte mit dem Medikament und begibt sich zum Lager zurück. Drei weitere Früchte sind für ihn und seine Freunde bestimmt. Die Humanoiden reagieren skeptisch auf das Angebot, doch als das trauernde Weibchen mit einem dankbaren Gesichtsausdruck in die Frucht beißt, legen die anderen Ureinwohner ihre Scheu ab. Die Vertreter der beiden verschiedenen Rassen nehmen ihre erste gemeinsame Mahlzeit ein. Zumindest Morgenstern ist sich der Symbolhaftigkeit dieses Ereignisses durchaus bewusst. Er hat das erhebende Gefühl, dass sich jetzt alles zum Guten wenden wird.

„Erste Reaktionen auf das Medikament dürften recht schnell erfolgen", flüstert Bunte Blüten. „Innerhalb weniger Tage sollten sich die kognitiven Fähigkeiten unserer Freunde signifikant gesteigert haben. Mehr können wir jetzt hier nicht tun. Wir sollten noch ein wenig Zeit hier verbringen, um die sozialen Kontakte zu untermauern, und dann zusehen, dass wir zurück zum Schiff fliegen. Wir müssen auch unbedingt miteinander abstimmen, was wir dem Kapitän erzählen. Es wird sicher unangenehme Fragen geben, weil wir hier unten nicht mit den Sensoren erreichbar waren."
Sternenlicht und Morgenstern nicken und wenden sich wieder der Kommunikation mit den Stammesangehörigen zu. Der Kontakt ist so herzlich, wie er unter diesen Bedingungen nur sein kann, und die drei Raumfahrer stellen fest, wie sich langsam die Zwänge auflösen und echte Sympathie entsteht.

Ein paar Stunden später befinden sich die drei Ahin-Gül wieder im Shuttle und sind auf dem Rückweg zum Mutterschiff. Die Zeit des unbeobachteten Fluges nutzen sie noch für ein paar Detailabsprachen, bis sie schließlich im Hangar landen.
Die Tür des Shuttles 1701-D öffnet sich und Morgenstern, Sternenlicht und Bunte Blüten blicken in die Mündungen von sechzehn Lasergewehren. Süffisant grinsend steht der Sicherheitschef neben seiner Truppe. Er sagt kein Wort. Das ist auch nicht nötig. Die drei Rückkehrer heben die Hände und lassen sich ohne Widerstand von der Security ihre Waffen und Gürtelta-

schen abnehmen. Bunte Blüten verflucht sich innerlich für seinen noblen Entschluss, das Injektionsgerät nicht auf dem Planeten gelassen zu haben. Er hatte diese Welt mit möglichst wenig moderner Ahin-Gül-Technologie infizieren wollen und genau das wird ihm jetzt zum Verhängnis werden. Es dauert nicht lange und der Sicherheitschef hält das Ding triumphierend in die Höhe. Eine Stimme aus den Lautsprechern unterbricht nun die entnervende Stille, der Kapitän meldet sich zu Wort: „Ich habe es doch gewusst, dass ihr mich hintergeht. Das ist Verrat. Colonel Hogan ..." Der Sicherheitschef blickt auf. „Können Sie mir jetzt schon genau sagen, was für ein Präparat sich in der Injektionsapparatur befand?"

„Schwer zu sagen, Herr Kapitän. Es handelt sich auf jeden Fall um einen Synapsenverstärker, doch sind etliche Modifikationen daran vorgenommen worden. Ich kann mir nicht erklären, wie sie das gemacht haben, denn auf dem Schiff stehen wir doch alle unter der liebevollen Beobachtung unseres ehrenwerten Kapitäns."

*Was für ein Schleimer*, denkt Morgenstern.

„Es ist auch gar nicht nötig, Untersuchungen anzustellen, Herr Kapitän", reißt Sternenlicht das Wort an sich. „Ich werde Ihnen sicher nicht verraten, wie ich mich Ihrer ständigen Beobachtung entziehen konnte. Aber es ist mir eine große Freude, Ihre Pläne für gescheitert zu erklären. Ihr unmenschliches Spiel hat nun ein Ende." Und er erzählt die ganze Geschichte mit der Sicherheit eines Mannes, der weiß, dass sein Plan gelungen ist und nicht zunichte gemacht werden kann. „Die Wesen unten auf diesem Planeten werden für immer ungeeignet sein, um Ihren unterdrückerischen Plänen zu dienen“, schließt er schließlich triumphierend seinen Monolog ab.

Es folgt eine zermürbende, Unheil verkündende Stille. Es ist förmlich greifbar, wie der Kapitän einzelne Möglichkeiten abwägt.

„Schmeißt sie raus!“, wird die Sprachlosigkeit endlich unterbrochen. „Gebt ihnen einen Landeanzug, werft sie aus der Luftschleuse und überlasst sie dem Weltraum.“ Mit den nächsten Worten richtet sich der Kapitän an die Abtrünnigen: „Ihr wisst hoffentlich, meine Güte zu schätzen, ihr elenden Verräter. So ein Landeanzug ist mit etwas Glück dafür geeignet, unbeschadet den Planetenboden zu erreichen. Wenn euch das Leben mit den edlen Ahin-Gül nicht mehr gut genug ist, dann lebt dort unten am Arsch des Universums mit euren heiß geliebten Affen. Ich könnte euch aber alternativ auch die sofortige Exekution anbieten.“

Die drei schauen erst sich untereinander an, dann fällt ihr Blick auf ein Stativ mit drei massigen Landeanzügen, das zwischenzeitlich in den Hangar gerollt wurde.

„Vielen Dank für gar nichts“, sagt Morgenstern und begibt sich zum Rollwagen mit den Anzügen. Die beiden anderen folgen ihm. Kurze Zeit später sind alle eingekleidet und werden unsanft zur Energiebarriere des Hangars geschubst. Dahinter befindet sich nichts als das eisige Vakuum des Weltraums. Die

Anzüge sind genauso beschichtet wie die Shuttles, also bietet die Barriere keinen Widerstand. Langsam treiben die Gestalten vom Mutterschiff weg.

Viel Zeit bleibt den Aufrührern nicht. Die Energie wird bald zu Neige gehen. Natürlich hat der Kapitän dafür gesorgt, dass das Überleben nicht ganz so einfach gelingen wird und sich die Anzüge nicht aufladen lassen. Funkkontakt untereinander gibt es auch nicht. Nach ein paar Schubstößen der Manövrierdüsen schweben die Männer aufeinander zu. Morgenstern löst ein Seil aus seinem Anzug, das eigentlich als Sicherheitsleine für Außenarbeiten gedacht ist. Jetzt dient es dazu, die drei Körper aneinander festzubinden. Allein wird keiner lebend aus der Sache herauskommen, doch zu dritt kann es gelingen. Wenn sich die Sichtscheiben zweier Helme berühren, wird sogar etwas Schall übertragen, was eine erschwerte, aber funktionierende Kommunikation ermöglicht. Die Schubdüsen von Morgensterns Anzug sollen den Menschenknubbel in einen Planetenorbit manövrieren. Die Energie wird dann aufgebraucht sein – abgesehen von ein paar Ampere für das Lebenserhaltungssystem. Mit Sternenlichts Düsen wird der Landungsprozess eingeleitet. Es gilt, den richtigen Eintrittswinkel in die Atmosphäre des Planeten zu treffen, sonst prallt man ab und stirbt im All oder man verglüht in der Planetenatmosphäre. Hier ist echte Vorsicht und Besonnenheit geboten. Die Landungsanzüge wurden gebaut, um die Höllenhitze der Atmosphärenreibung zu überstehen, doch kam es immer wieder mal zu unerfreulichen Zwischenfällen.

Die Annäherung an den Planeten ist tatsächlich ein Höllenritt für das Trio. Die enorme Reibungshitze wird gut absorbiert, und etwas davon kann auch zur Neuladung der Energiezellen verwendet werden, doch gibt es bei diesem Sturz nur wenig Kontrollmöglichkeiten. Die Männer können nur abwarten, bis der richtige Moment für das Bremsmanöver gekommen ist. Dies übernehmen die Düsen von Bunte Blütens Anzug. Sie drosseln die Fallgeschwindigkeit auf nur wenige hundert Kilometer in der Stunde. Unten auf dem Planeten werden durch die Wolken hindurch ein paar Strukturen sichtbar. Unverkennbare Landmarken. Wenn das Glück die drei Männer schon so weit unterstützt hat, vielleicht gönnt es ihnen ja auch eine Landung in der Nähe des Versuchsareals. Sternenlicht ist derjenige, der den Boden am klarsten sehen kann. Mit ein paar Handbewegungen gibt er Bunte Blüten Steueranweisungen. Es gelingt tatsächlich, das Dreiergespann zum bläulich schimmernden Kraftfeld des besagten Gebietes zu bugsieren. Kurz vor der unsanften Landung auf der Kuppel des Energieschirmes verschwindet dieser plötzlich. Das kann nur ein Befehl des Kapitäns gewesen sein. Keinesfalls ein gutes Zeichen! Irgendetwas hat er vor. Nach der Landung behalten die Männer ihre dampfenden Anzüge an, lösen das Sicherheitsseil und öffnen die Helmvisiere. Aus Morgensterns Anzug stinkt es nach Erbrochenen. Die beiden anderen sinken erschöpft zu Boden.

„Wir haben jetzt keine Zeit für Empfindlichkeiten", grunzt Sternenlicht heiser. „Es gibt nur eine Chance für uns und diesen Planeten. Wir müssen den Stamm finden, der mit dem Präparat geimpft wurde. Und das möglichst schnell, denn ich glaube nicht, dass der Kapitän die Sache so einfach auf sich beruhen lässt. Haben wir noch Energie?"

Die Ladezustände der Anzüge werden kurz abgecheckt, und es ergibt sich eine ausreichende Energiemenge, um zu fliegen und das nähere Umfeld aus der Luft zu untersuchen. Sie befinden sich in der Nähe des erstmaligen Kontaktpunktes. Ein aufsteigender Vogelschwarm bringt schließlich die entscheidende Information. Kurze Zeit darauf stehen sich die sechs Ureinwohner und die drei Ahin-Gül wieder gegenüber. Die Raumreisenden sind durch die geöffneten Visiere gut zu erkennen und so werden sie diesmal sofort in die Gruppe eingeladen. Doch die Zeit eilt. Mit umständlicher Gestik bedeuten die Ahin-Gül den Humanoiden, sich jeweils zu zweit rittlings auf einen der Landeanzüge zu setzen und gut festzuhalten. Vorsichtig steigt diese seltsame Gemeinschaft in die Luft auf und lässt sich zehn Kilometer außerhalb des Versuchsgeländes in der Höhe der Baumgrenze auf einem Berg nieder. Morgenstern blickt in die Augen des Weibchens, das gerade ihr Kind verloren hat. Er weiß nicht, ob er sich täuscht, aber er glaubt, mehr Verständnis und Wissen dort zu erkennen. Nach dieser kurzen Zeit wäre dies wirklich eine Sensation.

Ein glühender Streifen wird am Himmel erkennbar.

„Verdammt!", ruft Bunte Blüten. „Das sieht aus wie ein Masseprojektil. Ich hab mir doch gedacht, dass der Kapitän noch irgendeine Sauerei in petto hat."

Das Prinzip des Masseprojektils ist ganz einfach. Ein auf einen Himmelskörper stürzender Komet oder Asteroid kann viel Schaden verursachen. Dieser Schaden kann eingegrenzt werden, wenn man so einen Brocken in berechneter Größe aus kontrollierter Höhe abschießt. Besonders nützlich ist dieser Effekt, wenn man keinen so edelmütigen Absichten folgt. Bei entsprechender Berechnung ist ein solcher Abschuss eine einfache und billige Methode, um ganze Landstriche zu verwüsten. In diesem Fall hat es der Kapitän darauf abgesehen, einen nahegelegenen See zu bombardieren und sein nutzlos gewordenes Versuchsgelände mit einem Tsunami zu überfluten.

Die kleine Gruppe auf dem Berg bekam nie mit, wie nahe sie dem Tode standen, denn der Berg war hoch und zu weit entfernt. Die Ausläufer des Tsunamis erreichten sie niemals.

Die Lebenszeit der Ahin-Gül übersteigt die der Humanoiden um ein Vielfaches. Und so werden die drei Männer Zeugen, wie eine Generation nach der anderen heranwächst. Die genetischen Beeinflussungen lassen jede davon den Ahin-Gül ähnlicher werden. Irgendwann kommt es sogar zu sexuellen Kontakten zwischen den Rassen, die man jetzt nicht mehr unterschiedlich nennen kann.

Als Erstes bringt Morgenstern den Humanoiden die kontrollierte Verwendung des Feuers bei, was ihm von den jetzt sprachbegabten Clanmitgliedern den Namen ‚Lichtbringer' einbringt. Eines Morgens betritt Bunte Blüten mit düsterer Miene die Siedlung aus Blockhäusern, in denen die inzwischen sesshaft gewordenen Ex-Nomaden jetzt leben. Wortlos wirft er einen Stein auf den Tisch, an dem Sternenlicht gerade einen Tee trinkt.

„Was soll das?"

„Sie sind hier", antwortet Bunte Blüten.

„Wer?"

„Diese verdammten Kutuloiden. Sie müssen sich vor Ewigkeiten schon hier niedergelassen haben. Ihre Artefakte sind schon zu Fossilien geworden."

Er weist auf den Stein, der zu einem großen Teil aus Kohlenstoff besteht und an dem sich ein paar eindeutige Kennzeichnungen befinden. Es muss sich um eine Art monströser Schmuck handeln, der für keine menschliche Hand geeignet ist. Sternenlicht schaudert bei dem Gedanken, was für abstoßende Gliedmaßen es sein müssen, denen ein solcher Ring (falls es denn einer ist) passt.

„Und was machen wir jetzt?", fragt er.

„Nichts", antwortet Bunte Blüten. „Ich bin zu alt für diese Scheiße. In diesem Leben schaffe ich es nicht mehr, mich um diese Angelegenheit zu kümmern. Aber das muss ich auch gar nicht. Und du auch nicht. Wir haben viel geleistet, um den

Menschen gute Lehrer zu sein. Wir hatten Frauen, wir haben Kinder, Enkel, Urenkel, Ur-Ur-Enkel ... Wir werden von den Menschen immer noch als Götter verehrt, auch wenn wir dies nie wollten. Jetzt ist es an der Zeit, sie alleine machen zu lassen, sonst sind wir nicht besser als der Kapitän, dem wir dieses lange und wunderschöne Leben zu verdanken hatten. Er würde sich vermutlich in den Arsch beißen, wenn er wüsste, dass wir nicht elend krepiert sind, sondern glücklich unser Dasein fristen, wie es besser nicht sein könnte. Du und ich und Morgenstern haben allerdings nur noch eine sehr begrenzte Lebensspanne. Wir setzen uns zur Ruhe und überlassen unseren Kindern diese Welt. Sie haben jetzt schon Großes vollbracht, und sie werden auch mit Kutulu und seinen Schergen fertig werden, wenn die Zeit gekommen ist. Wir selbst werden irgendwann vergessen sein oder zu irgendwelchen Helden oder mythischen Gestalten verklärt. Morgenstern hat gute Chancen, als Sagengestalt des Lichtbringers die Ewigkeit zu überdauern."

„Hast du eigentlich mitbekommen, dass die Herrscher im Nilgebiet jetzt mit gigantischen Bauvorhaben begonnen haben? Und dazu haben sie nicht einmal auf unsere Technologie zurückgegriffen", wechselt Sternenlicht das unangenehme Thema.

*Epilog dieses Kapitels*

Die Legende des Lichtbringers überdauerte tatsächlich. Allerdings etwas anders, als Bunte Blüten dachte. Der geneigte Leser kann dies einer einfachen Google-Recherche entnehmen. :-)

## *SCHLAGZEILEN*

*Westdeutsche Allgemein-Zeitung vom 08.12.*
MORD IM POSTPARK
Wanne-Eickel – Am Morgen des 07. Dezember entdeckten Kinder auf dem Schulweg die stark entstellte Leiche eines älteren Mannes. Der Fundort wurde weiträumig abgesperrt. Passanten werden gebeten, den Weg zum Hauptbahnhof und zur Innenstadt über Rathausstraße und Haydnstraße zu nutzen. Die allesamt im Grundschulalter befindlichen Kinder werden nach dem schockierenden Vorfall psychologisch betreut. Bei der Leiche handelt es sich um den lokal bekannten Heimatforscher Dr. Manfred Burkel. Die Todesart konnte nicht ermittelt werden, die Mediziner stehen vor einem Rätsel. Hinsichtlich des Leichnams liegen außergewöhnliche Merkmale vor: Der Körper war gänzlich blutleer und übersät mit kreisrunden Verletzungen in unterschiedlicher Größe. Der Pressesprecher der Polizei erwähnte auch Eiter- und Lymphgeschwüre an Gesicht und Oberkörper. Einen herkömmlichen Raubmord schließt die Polizei aus, weil weder Geld noch Ausweise gestohlen wurden. Dr. Burkel muss allerdings im Besitz einer Tasche oder eines Beutels gewesen sein, darauf weisen entsprechende Male am rechten Handgelenk des Toten und Faserspuren hin. Viel deutet darauf hin, dass ihm gewaltsam das Behältnis aus der Hand gerissen wurde.

Die Gerichtsmedizin grenzt den Todeszeitpunkt ein auf die Nacht vom 06. auf den 07. Dezember zwischen 23:00 und 02:00 Uhr. Mögliche Zeugen werden gebeten, sich persönlich in der Polizeiwache Wanne-Eickel auf der Hauptstraße zu melden oder telefonisch die Polizei Bochum zu kontaktieren.

*Westdeutsche Allgemein-Zeitung vom 12.12.*
RAUCHWOLKE IM HERNER NORDEN
Baukau – Am gestrigen Vormittag war eine grünliche Rauchwolke am Himmel von Baukau und Horsthausen zu sehen. Die Betreiber der Kläranlage im Herner Norden sprachen von auffälliger Blasenbildung im Klärbecken zwischen Emscher und Rhein-Herne-Kanal in der Zeit ab 12:30 Uhr. Kurz danach sei dem besagten Klärbecken die grüne Wolke entwichen. Die Ursache des Vorfalls ist bisher nicht zu erklären, doch schließt Arno Schruntz, Pressesprecher des Wasserwerkes Herne, eine Gefahr für die anliegende Bevölkerung aus. Mit Gesundheitsrisiken sei nicht zu rechnen, hieß es von offizieller Seite, zumal der nachmittags aufgekommene Wind die Wolke innerhalb kürzester Zeit verweht habe. Außer einer immensen Geruchsbelästigung, die bis in die späten Abendstunden anhielt, sind bislang tatsächlich keine Folgeerscheinungen für Leib und Leben bekannt geworden.

Otto M. (72 J.): Die sollen sich mal nicht so anstellen. Was wir damals in der Kokerei einatmen mussten, war viel schlimmer als der bisschen grüne Dampf. Und das hat uns allen nicht geschadet.

Luisa B. (45 J.): Wir zahlen so viel Steuern, da muss es doch möglich sein, so was zu verhindern. Der Gestank war wirklich schlimm.

Günter N. (66 J.): Erst wird das Trinkwasser mit Drogen versetzt, dann werden wir durch Chemtrails gefügig gemacht und jetzt das. Wir müssen echt aufpassen. Wer weiß, was die sich noch alles einfallen lassen.

*Westdeutsche Allgemein-Zeitung vom 03.02.*
FROSCHPLAGE IM KLEINGARTENVEREIN HORSTHAUSEN
Horsthausen – In der Kleingartenanlage Herne-Horsthausen wurde ein ungewöhnliches Phänomen beobachtet. Seit zwei Tagen treiben zehntausende Frösche ihr Unwesen auf dem Schrebergartengelände. Herangezogene Experten haben keine Erklärung für das Aufkommen der Amphibien, zumal nicht nur die Anzahl, sondern auch das Auftreten zu dieser Jahreszeit weit ab von der Normalität ist. Anwohner beklagen die Lärmbelästigung durch das Quaken, einen kaum erklärbaren Gestank

und die überraschende Aggressivität der Frösche. Haustiere, Gartenteichfische und sogar Menschen zählen zu den Opfern die schmerzhaften Bisse. Das übliche Fluchtverhalten haben die sonst harmlosen Tiere gänzlich abgelegt. Wissenschaftler und Experten des Bundes für Umwelt und Naturschutz konnten das Gebiet nur in abgepolsterter Schutzkleidung und mit Vollvisier-helmen betreten. Das Gelände ist bis auf Weiteres für Besucher und Pächter gesperrt.

*Froschplage – Leserbriefe*

Anna J. (75 J.): Der Garten ist unser Ein und Alles und jetzt kön-nen wir da nicht mehr hin. Diese Frösche springen zu Tausen-den auf einen zu und beißen. Hoffentlich finden die bald eine Lösung.

Otto B. (88 J.): So weit kommt das noch, dass ich mir von ein paar Fröschen verbieten lasse, in meinen Schrebergarten zu gehen. Gebt mir ein paar Fässer DDT und dann werd ich denen schon zeigen, wo der Hammer hängt.

Liliane B. (35 J.): Warum wundert ihr euch? Die Menschen ha-ben jahrelang Raubbau an der Natur betrieben und jetzt schlägt die Natur zurück.

Kevin V. (28 J.) Frösche kann man doch aufblasen oder wie war das noch mal? Wenn man denen ordentlich Helium in den Arsch pustet, fliegen die doch alle weg, oder? Dann ist Ruhe im Bau, oder?

*Westdeutsche Allgemein-Zeitung vom 06.02.*
NEUE ERKENNTNISSE ZUM BURKEL-MORD
Bochum – Der mysteriöse Mord an dem Wanne-Eickeler Heimatforscher Manfred Burkel scheint von seiner Aufklärung weit entfernt zu sein. Zwar gibt es immer neue Erkenntnisse zur ungewöhnlichen Todesursache, doch wirft eine jede von ihnen Dutzende neuer Fragen auf. Die obere Hautschicht des Opfers, die bekanntermaßen vollständig bedeckt war von ringförmigen Biss- und Saugwunden, hat sich in den letzten Wochen vollkommen zersetzt, während der normale Verwesungsprozess allerdings noch nicht einmal begonnen hat. Die Pathologen des Kriminaltechnischen Instituts haben dafür keine Erklärung. Es konnte im Labor allerdings eine ungewöhnliche DNS isoliert werden, von der sich die Polizei Aufschluss über die Identität des Täters erhofft.

„So etwas Außergewöhnliches habe ich noch nie gesehen", erklärte Dr. Maltoff, Leiter der Abteilung für Biologische Forensik am KTI Röhlinghausen, „Wenn ich es nicht besser wüsste, würde ich sagen, dass diese DNA nicht von dieser Welt stammt."

Aus dem Muster der ringförmigen Wunden konnten die mit der Untersuchung betrauten Wissenschaftler ein paar Regelmäßigkeiten ableiten, die darauf hinweisen, dass das Opfer von Tentakeln umschlungen war. Die Waffenexperten der Polizei versuchen gegenwärtig zu ermitteln, welche neuen Waffengattungen es gibt, die derartige Wundmale hervorbringt.
Das Gelände des Postparks bleibt bis auf Weiteres für die Öffentlichkeit gesperrt. Die Polizei empfiehlt, auch das umliegende Gelände zu meiden und lieber andere Wege zu bevorzugen.

*Burkelmord – Leserbriefe*

Katie S. (29 J.): Wie stellen die sich das denn vor? Ich bringe jeden Morgen den kleinen Maddox-Kevin zur Schule und bin immer durch den Postpark gelaufen. Jetzt muss ich einen Riesenumweg gehen und das dauert bestimmt zehn Minuten länger.

Markus G. (38 J.): Außerirdische DNS? Ehrlich jetzt? Haben die zu viel Akte X geguckt oder was? Unter wissenschaftlicher Methodik stelle ich mir echt etwas anderes vor.

Else V. (55J.): Es ist ja sicher schlimm, was dem armen Mann da passiert ist, aber muss die Zeitung denn so unappetitlich darüber berichten? Man bekommt es ja richtig mit der Angst zu tun.

## SCREAM QUEEN SABINE

*Verdammte Töle*, denkt Sabine, als sie Tüffelchen Gassi führt. Tüffelchen!! Auf so einen bekloppten Namen kann auch nur ihr bekloppter Ex kommen. *Und dann haut er ab und lässt mich jetzt hier die alte Kackmaschine spazieren führen.* Tüffelchen ist eine weiße, ständig dreckige, stinkige Promenadenmischung. *Okay*, denkt Sabine, *das Tier kann ja nix dafür, dass sein Herrchen so ein Asi ist.* Aber das mit dem Gassigehen nervt Sabine doch sehr. Zweimal am Tag. Die alte Kackmaschine bringt den ganzen Tagesablauf durcheinander. Ihr letzter Besuch im Nagelstudio ist mindestens schon vierzehn Tage her. *Okay, das Tier kann nix dafür, aber ich hab es jetzt am Arsch.* Tüffelchen zieht an der Leine. Er geht zielstrebig auf den Bepflanzungsstreifen am Rand des Rhein-Herne-Kanals zu und setzt ein Häufchen, das man dem kleinen Tier so gar nicht zugetraut hätte. Einen Kotbeutel hat Sabine nicht. *Die können mich am Arsch lecken, Alter. Ich zahl Hundesteuer, da seh ich das nicht ein, auch noch die Kacke entsorgen zu müssen.* Und das alles hat sie ihrem Ex zu verdanken. Möge er in der Hölle schmoren. *Da muss nur irgend so eine Schlampe mit den Titten wackeln und schon platzt der Schwanz aus der Buxe.* Tüffelchen ist fertig und geht weiter. Widerwillig lässt sich Sabine mitziehen. Da vorne ist schon die Brücke. Da geht es dann rüber und anschließend auf der anderen Kanalseite wieder zurück.

„Warum mach ich das eigentlich?", flucht Sabine laut. „Nächste Woche bring ich die Ratte zum Tierheim." Sabine erwischt sich bei dem Gedanken, dass sie sich das schon für diese Woche und die Woche davor und die Woche davor vorgenommen hatte. „Nächste Woche mach ich das aber bestimmt. Die nervt, die alte Töle." Tüffelchen dreht sich um und blickt direkt in die Augen seines Frauchens wider Willen. „Jetzt glotz mich nicht so an, du Nervensäge!" Sabine grunzt verächtlich, als sie sich wieder bei einem unerwünschten Gedanken erwischt. Vermutlich wird sie ihn nächste Woche wieder nicht abgeben. Vermutlich hat sie ihn jetzt dauernd an den Hacken. *Das Tier kann ja nix dafür, Scheiße, ohne den Hund ist auch doof.* Sabine fingert unwirsch in der Handtasche und holt sich eine Zigarette heraus. Eine alte Dame nähert sich und Tüffelchen wedelt freudestrahlend mit dem Schwanz. Sie beugt sich zum Hund herunter: „Na, das ist ja mal ein feines Schätzchen, nicht? So ein feines Hündchen ... ja, so ein feines Hündchen ... Ne? Bist du fein?" Die alte Dame richtet sich auf und nimmt durch die Rauchschwaden das verdrießliche Gesicht von Sabine wahr. „Der ist aber fein, ne? Wie alt isser denn?"

„Ja, du mich auch", grummelt Sabine vor sich hin. Mit etwas lauterer Stimme fragt sie die alte Dame, ob sie den Hund haben möchte. „Könnse gleich mitnehm'."

Die alte Dame guckt irritiert, weiß die Situation nicht so richtig einzuschätzen. Mit Ironie kann sie nicht umgehen. Sie weiß noch nicht einmal, was das ist, und hat dies Wort noch nie gehört. Verdattert quält sie sich eine wenig überzeugend höfliche Verabschiedung heraus und geht weiter. Sabine sagt nichts und ruckelt an Tüffelchens Leine. Gehorsam nimmt der Hund wieder den Platz neben Frauchens linkem Bein ein und geht weiter. „IIIH!! Was ist das denn?" Kurz vor der Autobahnbrücke fängt es plötzlich an, entsetzlich zu stinken. „Mach hin, du Töle, nix wie weg hier. Boah, das geht ja gar nicht. Was ham die denn hier schon wieder gebaut? Das hat doch sonst nicht so gestunken." Erneut zieht Sabine an der Leine, um Tüffelchen zur Eile zu bewegen. Doch die Leine rührt sich keinen Millimeter. Der Ruck führt dazu, dass Sabine umknickt und der Pfennigabsatz ihres rechten Pumps abbricht. Schmerzhaft landet Tüffelchens Frauchen auf dem Schotter des befestigten Uferwegs. Sie dreht sich zu ihrem Hund um: „Verdammt, Tüffelchen, was ...? Der Satz erstirbt auf ihren Lippen. Da ist kein Tüffelchen. Das Halsband umschließt jetzt einen blassgrünen Tentakel, der sich im Unterholz der uferabgewandten Seite des Weges verliert. Sabine schreit auf, als sich das transparente Ding langsam auf sie zu bewegt und dabei eine beunruhigende Anzahl kreisrunder Saugnäpfe erkennen lässt. „Tüffelchen!", schreit Sabine und glaubt, ein fernes Wimmern als Antwort zu bekommen. Der Tentakel ist noch ein Stück näher gerutscht. Die nicht mehr ganz junge Frau richtet sich auf, kann aber mit dem abgebrochenen Absatz nicht richtig Gleichgewicht halten und laufen schon mal gar nicht. Sie zieht beide Pumps aus und will losrennen, doch jetzt piekst der Schotter in ihre Fußsohlen. Das war keine gute Idee. Sabine schreit auf. *Ist denn hier keiner, der ihr helfen kann?* Sieht nicht so aus. Inzwischen ist es dämmerig und dieser Teil des Kanalweges wird selten von Spaziergängern und Naturfreunden genutzt. Mit staksigem Gang versucht Sabine, weiterzurennen (oder besser: überhaupt erstmal loszurennen), doch der Schotterboden lässt dies nicht zu. Die Spitze des Tentakels hat inzwischen ihren linken Fuß erreicht und schlängelt sich schleimig um den Knöchel. „Hilfeee!!", schreit Sabine, doch es gibt keine Anzeichen für Beistand.

Der Tentakel hebt Sabine in die Höhe und kratzt ihren Hinterkopf dabei unangenehm über den Boden. Jetzt sieht die malträtierte Frau das Buschwerk von oben und kann erkennen, zu wem dieser Tentakel gehört. Das Wesen trägt eine dunkle Robe und einen goldfarbenen Kopfschmuck. Dann erhascht Sabines Blick das Gesicht des Angreifers. Der Anblick raubt ihr die Sinne und lässt sie in eine gnädige Ohnmacht fallen.


Am nächsten Tag finden Spaziergänger ihre Leiche: blutleer und mit kreisrunden Narben auf dem ganzen Körper. Etwas verwirrt wird der friedlich schmunzelnde Gesichtsausdruck der jungen Toten registriert, doch die Leute von der Spurensicherung können ja nicht wissen, dass Sabine die letzten Augenblicke ihres Lebens in der chillig-relaxten Atmosphäre einer nachhaltigen Bewusstlosigkeit verbrachte.

*HAUSAUFGABEN*

„Guten Morgen, Kinder."

„Gu-ten Mor-gen, Frau Schru-bel-Bos-kopp!"

Lisa-Judita Schrubbel-Boskopp, dreiundvierzig Jahre, ist Lehrerin an der Grundschule Stettiner Platz, direkt in der Herner Innenstadt neben dem Sparkassengebäude. Sie hat längst den Kampf gegen Institutionen, Schulamt, Elternvertretung und die kleinen Monster aufgegeben, die zu unterrichten sie das zweifelhafte Vergnügen hat. Schon zu Beginn des Schultages ist ihr Hirn auf Hochtouren. Es rattern Termine und Abläufe durch die Synapsen und verbrauchen dabei so viel Energie, dass sie gar nicht mitbekommt, dass sich um sie herum andere Menschen befinden, denen sie eine gewisse Aufmerksamkeit schuldet. Der Schulalltag könnte so schön sein, wenn es da nicht die Kinder gäbe.

Morgens um halb sieben hat sie Aufsicht in dem Raum, in welchem sich die Kinder vor Unterrichtsbeginn aufhalten. Dann, um acht, geht es in ihr Klassenzimmer, aber nur für eine Schulstunde, denn anschließend teilt sich die Klasse für den Religionsunterricht auf (evangelisch, katholisch, muslimisch; die konfessionslosen Kinder werden in der Ersatzklasse untergebracht). Der kleine Joschua-Ed sitzt im Rollstuhl und wird wie stets von einem Integrationshelfer versorgt. Der Betreuer sieht zusammen mit dem Teilzeit-Hausmeister zu, dass der Junge irgendwie die Treppe herunterkommt, und schiebt ihn dann ... wohin eigentlich? Darüber hat sich Lisa-Judita nie Gedanken gemacht. Das muss sie unbedingt noch in Erfahrung bringen, damit sie beim Elternsprechtag nächste Woche nicht blöd dasteht. Nach der Religionsstunde werden die Kinder (hoffentlich vollzählig) in ihre Klasse zurück zum Mathe-Unterricht kommen. Auch die kleine Leonie-Chayenne aus der 2c wird mit ihrer Integrationshelferin hinzustoßen. In der vierten Stunde werden die 2a und die 2b zusammengelegt in den Klassenraum der 2b, um sich dann gemeinsam auf den Weg zur Turnhalle zu machen. Ihr eigener Klassenraum steht in dieser Zeit nicht zur Verfügung, denn da findet der extern organisierte Musikunterricht für die Drittklässler statt, weil der Musikraum nicht mehr nutzbar ist, seit da vor drei Wochen die Decke herunterkam. Dabei wurden auch alte Asbestreste aus den Vierzigerjahren entdeckt, die jetzt von Fachkräften in astronautenähnlichen Schutzanzügen entsorgt werden.

Zumindest ein wenig Tagesstruktur erhält die halb ausgebrannte Lehrerin durch stringent eingehaltene Rituale. Wenn sie das Klassenzimmer betritt, wartet sie, bis Ruhe ist. Das kann dauern. Darauf folgt ein Begrüßungs-Szenario (siehe oben) und der Unterricht kann beginnen ... wenn sie Glück hat. Meist allerdings gilt es zunächst, kleine Unstimmigkeiten der Schüler untereinander zu schlichten.

„Frau Schrubbel-Boskopp, Frau Schrubbel-Boskopp, der Vasilij hat den Erkan geschubst!"

In der letzten Unterrichtsstunde hatten die Kinder eine Aufgabe bekommen. Jedes Kind sollte etwas mitbringen, das es auf einem Spaziergang mit den Eltern gefunden hat.

(„Frau Schrubbel-Boskopp, Frau Schrubbel-Boskopp, darf das auch ein Spaziergang mit dem Opa sein? Die Mama ist sonntags immer am Büdchen.“

„Ja, klar, das darf auch ein Spaziergang mit dem Opa sein.“

„Frau Schrubbel-Boskopp, Frau Schrubbel-Boskopp, wie groß soll das denn sein? Welche Farbe soll das haben? Ist es ganz egal, was es ist? Darf das auch ein Spielzeug sein?“

„Ja, es ist vollkommen egal, was ihr mitbringt. Macht es nur etwas sauber vorher.“

„Frau Schrubbel-Boskopp, Frau Schrubbel-Boskopp, reicht das, wenn der Papa da mal mit dem Kärcher drübersprüht?“)

Und immer, wirklich immer, wenn sie denkt, sie habe das Thema ausführlich erklärt, den Kindern unmissverständlich klargemacht, worum es geht und dies auch im Rahmen des Unterrichts überprüft hat ... dann kommt der sporadische Anruf einer panischen Mutter beim nur dreitägig besetzten Schulsekretariat: „Guten Tag, hier ist Frau Galotzki, die Mama vom Üffes-Luka.“ Echte Französisch-Kenntnisse werden überbewertet, wenn es darum geht, ein Kind mit einem stylischen französisch-deutschen Doppelnamen zu versehen. Auf der Geburtsurkunde steht jedenfalls Yves-Luka. „Der Üffes-Luka hat mir erzählt, er muss am Sonntag spazieren gehen, aber das geht nicht, denn der Vater ist auf Montage und wie soll ich denn das machen, denn ..."

Et cetera, et cetera ...

Heute ist jedenfalls der Tag der mitgebrachten Fundstücke. Lisa-Judita Schrubbel-Boskopp rechnet mit maximal drei unterrichtstauglichen Objekten. Das soll reichen, um die Stunde themengerecht durchzuziehen. Der Rest der Kinder weiß vermutlich von gar nichts oder die Eltern haben vergessen, spazieren zu gehen, oder die Mutter hat das Fundstück nicht in die Schultasche getan oder gestern wurde beim Vater übernachtet oder sie (die Lehrerin) hatte im Unterricht gar nicht durchgenommen, was ein Spaziergang ist und wie sollen die Kinder denn da ihre Aufgabe erfüllen?

Die Lehrerin ist angenehm überrascht, als sechs Kinder aufzeigen und ihr Fundstück präsentieren möchten. „Marcel-Ignazio, komm du doch bitte mal nach vorne und zeig uns dein Fundstück. Was ist es denn und wo hast du es gefunden?"

Marcel-Ignazio bahnt sich einen Weg durch Stühle, Tische, Schultaschen und Jacken und steht nun grinsend vor der Klasse. In der Hand hält er ein Marmeladenglas.

„In Ordnung, Marcel-Ignazio, halte doch mal dein Fundstück hoch, damit es alle sehen können. Was ist es denn?"

„Das ist ein Finger. Den haben wir am Rhein-Herne-Kanal ..."

„Bitte!?!", unterbricht die Lehrerin, deren Farbe sich merklich jener der Raufasertapete annähert. „WAS hast du gefunden?!"

„Einen Finger. Mein Bruder sagt, der ist von einer Frau. Das kann man am langen Fingernagel erkennen. Da ist das Zeichen von Schalke 04 drauf."

Frau Schrubbel-Boskopp erhebt sich aus ihrem Stuhl und entwindet Marcel-Ignazio das Marmeladenglas. Am Markenetikett vorbei versucht sie, durch das wellige Glas etwas zu erkennen. Das klappt nicht. Sie öffnet den Deckel und ein entsetzlicher Verwesungsgestank verteilt sich im Klassenzimmer. Einen Würgereiz kann sie nur mit Mühe unterdrücken.

„Iih!", ruft eines der Kinder. „Das riecht ja wie oben in der 4b."

Geschockt lässt Frau Schrubbel-Boskopp das Glas fallen. Es knallt auf den Boden und zerspringt in tausend Scherben, während der besagte Finger ein paar Zentimeter über den Boden kullert. Eigentlich hatte Lisa-Judita es sich immer gewünscht – aber nicht so: Das erste Mal, seit sie an diese Schule kam, sind die Kinder aufmerksam und interessiert. Alle – ohne Ausnahme! Und das erste Mal sind sie wirklich sprachlos. Es gelingt Frau Schrubbel-Boskopp mühsam, den kleinen Serdar davon abzuhalten, den Finger aufzuheben, und muss Maik am Pulli wegzerren, als er das abgetrennte Körperteil durch die Klasse kicken will. Wenn das nicht mal wieder Stress mit den Eltern gibt, wegen gewaltsamer Übergriffe oder irgend so einem Quatsch. Ausgerechnet jetzt ist kein Integrationshelfer zugegen, der sie unterstützen kann. Schließlich gelingt es ihr, die Fassung wiederzugewinnen. Sie kommandiert. Das mag pädagogisch nicht auf der Höhe der Zeit sein, aber es funktioniert.

„Chantal, geh hinten zum Putzschrank und bring mir den Handfeger und das Kehrblech. Yusuf, du machst bitte alle Fenster auf Kipp. Weg von dem Finger, Maik! Keiner fasst den Finger an! Der bleibt da jetzt liegen, wo er ist. Ihr setzt euch jetzt alle an euren Platz und ... Maik, was hab ich gesagt? Setz dich! Danke, Yusuf. Danke, Chantal.“

Mit dem Handfeger bugsiert Frau Schrubbel-Boskopp umständlich das mitgebrachte Fundstück auf das Kehrblech und bringt es zum Lehrerpult. Dann kramt sie in der Tasche nach einem Kotbeutel für ihren Hund, und es gelingt ihr unter den staunenden Blicken der Kinder – die natürlich nicht auf ihrem Platz geblieben sind –, das Körperteil einzutüten und luftdicht zu verknoten. Dabei fallen ihr ein paar kreisförmige Male auf, das bereits erwähnte Schalke-Symbol auf dem Fingernagel und ein klobiger Ring, den sie so schon an der Hand von Paulas Mutter gesehen hat. Ein Sonderangebot vom Krabbeltisch bei KIK.

Was ist jetzt zu tun? Die Pädagogin bringt die Erfordernisse in eine gedankliche Sequenz: Mit allen Kindern raus aus der Klasse, zur Schulleitung, um die Lage zu besprechen.
GAAANZ WICHTIG: die Polizei anrufen!! Auf ihrem Pult liegt noch immer die Kehrgarnitur. Einem völlig unpassendem, aber nicht zu unterdrückendem Wunsch nach Ordnung folgend, will sie die Reinigungsutensilien erstmal zurück zum Putzschrank bringen. Dabei bemerkt sie Gewebereste, die sich in den Bors-

ten verfangen haben. Das reicht, um jetzt doch ihren Mageninhalt – Pizza von gestern, ein Croissant, ein halber Liter Beaujolais und zwei Kaffee – zum Vorschein zu bringen.

# BINNENSCHIFFER

Noch drei Jahre, dann ist aber hier Ruhe im Bau. Rudi Gock steht auf der Brücke seines Schiffes, hat gerade die Schleuse ‚Herne Ost' passiert und blickt in Richtung des Steag-Kraftwerks nach Westen. Unter Deck findet gerade ein siebzigster Geburtstag statt. Die Musik – Schlagermucke der Sechzigerjahre, etwas modern aufgemotzt mit einem elektronischen Four-on-the-Floor-Beat – dröhnt auf Übelkeit erregende Art und Weise nach oben und mischt sich mit dem Geschrei und Gejohle der Gäste. Rudi liebt die Schifffahrt, doch hat er nie verstanden, was an einer Feier unter Deck so toll sein soll. Die popeligste Schrebergartenkneipe hat eine bessere räumliche Ausstattung und so richtig gemütlich ist es da unten auch nicht. Ein kleiner Raum mit vier Tischreihen und beidseitig davon am Boden befestigten Bänken, in Bugrichtung steht noch eine Bar, die immer von Sandra, Rudis Frau, betrieben wird. Man hat dort unten weder frische Luft, noch bekommt man etwas davon mit, dass man gerade den Rhein-Herne-Kanal befährt. Der einzige Unterschied zu einer Kneipe auf festem Boden ist, dass dieser Boden eben nicht fest ist. Er wackelt und fördert damit natürlich gerade bei ausufernden Feierlichkeiten den alkoholbedingten Brechreiz. Ob das nun so wünschenswert ist, fragt sich Rudi immer wieder, aber er will nicht meckern. Es sind seine Kunden und er hat einen Job zu erledigen. Zum Kotzen ist Rudi allerdings bei Ausübung dieses Jobs des Öfteren. Wer genötigt ist, Bata Illic,

Bernd Klüver oder Drafi Deutscher mehr als eine Stunde am Tag zu hören, braucht schon sehr stabile Magenwände. Jetzt ist es gerade mal wieder so weit: Chris Roberts! Die Maschen der Mädchen ... Und die Gäste schallern kräftig mit. Den Text scheint keiner zu kennen, aber auf LALALA geht es doch immer. Gott sei Dank liegen die Spucktüten in Reichweite.

Nur noch drei Jahre, dann ist der längst überfällige Ruhestand angesagt. Sandra wird nach dieser Fahrt vermutlich wieder herummosern. Rudi seufzt. Sie hätten längst in Rente sein können, wenn er es geschafft hätte, ein paar Rücklagen für das Alter beiseitezulegen. Und dass er sich so sehr mit seinem Sohn gestritten hat, der dieses Schiff übernehmen sollte, kommt dann auch wieder auf den Tisch.

„Ihr könnt mich am Arsch lecken mit eurer Scheiß-Nuckelpille hier. Ich will den Schrottkahn nicht."

Eine eindeutige Willenserklärung, die wenig Spielraum für Verhandlungen lässt. Gerade an Tagen wie diesen ist Sandra abends immer besonders gereizt, denn solche Veranstaltungen machen ihr wirklich zu schaffen. Von unten erklingt jetzt Jürgen Marcus mit ‚Ein Festival der Liebe'. Rudi blickt auf seine Uhr und tröstet sich mit dem Gedanken, dass in drei Stunden am Herner Meer angelegt wird. Die Zeit wird sich hinziehen, ist aber auch irgendwann mal vorbei. Das Schiff nähert sich der Autobahnbrücke, die bei Recklinghausen den Kanal überquert. Wenn jetzt der Wind schlecht steht, kann mit etwas Pech der Abwassergestank der parallel verlaufenden Emscher von Norden herüberwehen. Das wär's jetzt noch. Sein Brechreiz ließ sich bis jetzt einigermaßen unter Kontrolle behalten, aber so langsam gehen Rudi die Medikamente aus. Er hofft auf das Beste, wappnet sich aber innerlich auf das Schlimmste. Nach wenigen Minuten erfährt er, dass er damit richtig lag, denn es fängt tatsächlich an, bestialisch zu stinken. *Stinken tut et hier ja immer, aber heute stinkt dat ganz anders, als es hier sonst immer stinken tut*, denkt der Binnenkapitän. Er fragt sich, ob einer Chemikalien in der Emscher entsorgt hat oder was denn da los ist. Als ein Routinier, der die Strecke schon buchstäblich tausende Male abgefahren ist, kann er es sich erlauben, den Blick von der Fahrrinne zu lösen und nach rechts ans Ufer zu blicken. Grüner Rauch steigt aus dem Boden auf. Es sieht aus, als würde ein Gasgemisch mit hohem Druck aus einem Rohr gepresst. Ein dünner, grüner Strahl steigt circa vier Meter in die Höhe und wird erst dort vom Wind zerstoben. Rudi glaubte, hier auf dieser Strecke keine Überraschungen mehr erleben zu können, doch das ist ihm vollkommen neu. Der Geruch scheint auch ins Unterdeck gedrungen zu sein, denn es wird nicht mehr gesungen. Den Geräuschen nach zu urteilen, wird da eher gekotzt. Und er (Rudi) darf den Mist dann hinterher wieder sauber machen. Er hat diesen Gedanken gerade zu Ende gebracht, als nach dem Eintreffen eines grünen Schwadens auch er sich genötigt sieht, zur Spucktüte zu greifen.

Die Fete unten ist zum Erliegen gekommen, allerdings hat es leider noch niemand für notwendig erachtet, die Musik abzu-

stellen. Die Schlagermucke vermengt sich jetzt mit einem anderen Klang: ein tiefes, offenbar unterirdisches Brummen. Es scheint organischer Herkunft zu sein, doch fällt Rudi beim besten Willen kein Wesen ein, das solche widerliche Laute hervorzubringen vermag. *Passt zumindest zu der Musik da unten*, denkt ein sarkastischer Teil in ihm, dem er jedoch sofort verordnet, die Klappe zu halten. Unten geht gerade etwas wirklich Unangenehmes ab und da ist jetzt kein Platz für blöde Witzchen. Endlich verstummt die vermaledeite Schlagermusik, doch weicht Rudis anfängliche Erleichterung blankem Entsetzen, als sein Ohr nun frei ist für die Geräusche, die bleiben. Bei dem Brummen handelt es sich tatsächlich um eine Art Gesang. Ekelhafte Klänge – schlimmer als der Alleinunterhalter vom Kegelausflug letzte Woche – aus unmenschlichen Kehlen dringen ins Führerhäuschen des Schiffes. In einer Sprache, die mit menschlichen Stimmbändern nicht kompatibel ist, wird auf mantrahafte Weise eine offenbar rituelle Formel wiederholt: „Haaiih, Haaiih, Kutulu fatagn, Fenglui merglfnaf, Kutulu Rillyeh wagel fatagan. KUTULU RILLYEH. Fenglui merglfnaf, Kutulu Rillyeh wagel fatagan. Haaiih, Haaiih, Kutulu fatagn, Fenglui merglfnaf, Kutulu Rillyeh wagel fatagan. KUTULU RILLYEH. Fenglui merglfnaf, Kutulu Rillyeh wagel fatagan ...“
Rudi fährt eine übernatürliche Angst durch die Glieder. Doch noch mehr in Panik versetzen ihn die Schreie aus dem Unterdeck. Schmerzensschreie, blanker Horror, ängstliches Wimmern ... Eine Frau bittet um Gnade, doch wird ihr Satz mit einem rei-

ßenden Geräusch abgebrochen. Schließlich hört Rudi auch die Stimme seiner Gattin: „Rudi, hilf mir! Ruuudiii!!! O nein, bitte! Nur das nicht!! Nein! Geh weg!"

Sandras spitzer Schrei endet mit einem feuchten Gurgeln. Hektisch öffnet Rudi eine Truhe und bringt eine Kalaschnikow zum Vorschein (illegale Schmuggelware von der Russenmafia, vermutlich abgezweigt während des Tschetschenien-Krieges). Er stürmt die Treppe herunter, kommt einmal kurz ins Straucheln, als das Schiff am Ufer auf Grund läuft, und betritt mit grausamer Entschlossenheit den Partyraum. Dort herrschen tödliche Stille und undurchdringliche Dunkelheit. Ab und zu blitzt reflektierend ein Teil der Discokugel unter der Decke auf, wenn ein wenig Außenlicht durch den absinkenden Vorhang fällt, doch reicht das nicht aus, um klar sehen zu können. Rudi hält den Atem an und lauscht angestrengt. Nichts außer dem leisen Plätschern des Kanalwassers und den Fahrgeräuschen von der Autobahnbrücke ist zu hören ... und ... aus weiter Ferne ertönt noch immer, kaum hörbar, der furchtbare Gesang von gerade (das Kutulu-Mantra, nicht die Schlagermucke!): „Haaiih, Haaiih, Kutulu fatagn, Fenglui merglfnaf, Kutulu Rillyeh wagel fatagan. KUTULU RILLYEH. Fenglui merglfnaf, Kutulu Rillyeh wagel fatagan ..."

Vorsichtig tastet sich der Binnenschiffer mit behutsamen Schritten durch die Dunkelheit. Er will den Vorhang öffnen. Fast rutscht er auf etwas Glitschigen aus, doch gelingt es ihm, sich zu fangen. Der Vorhang gleitet geräuschvoll durch seine Befestigungsschiene und das Licht der Abenddämmerung fällt brutal auf die blutige Szenerie im Innenraum. *Hier ist keiner mehr am Leben*, zuckt es durch Rudis Kopf. Ausgerissene Gliedmaßen, tiefe Fleischwunden, Leichen ohne Köpfe, Bissspuren an den Kadavern ... Eine widerwärtige Melange aus roter und weißer Flüssigkeit rinnt zur abschüssigen Heckseite des Binnenschiffes. Ein paar Frösche hüpfen über die grausigen Überbleibsel dieses Gemetzels.

Gerade als er den Raum angstvoll nach seiner Frau absuchen will, huscht etwas außen am Fenster vorbei und verdunkelt für einen Sekundenbruchteil den Lichteinfall. Rudi dreht sich erschrocken um. Er nimmt das Maschinengewehr in Anschlag und schaut nach draußen. In etwa fünfzig Metern Entfernung sieht er gebückte, dunkel gekleidete Gestalten über den Boden humpeln. Inzwischen hat der stinkende grüne Nebel das Ufer so sehr eingehüllt, dass nur noch Schemen zu erkennen sind. So weit der Kapitän es erkennen kann, verschwinden die schlurfenden Silhouetten unter der Erde. Als er sich weiter vorbeugt, um besser sehen zu können, erscheint plötzlich eine Fratze außen vor dem Fenster. Ein nur entfernt humanoides Wesen mit riesigem Maul schaut ihn mit fischartigen Augen böse an. Der Kopf ist bedeckt mit einer kuttenartigen Kapuze und trägt an der Stirn die perverse Karikatur einer Tiara, die wie reines Gold glänzt, aber in ihrer Abscheulichkeit alles übertrifft, das der Kapitän je in seinem Leben gesehen hat oder je wieder sehen wird.

Rudis Leben dauert nämlich nicht mehr lang. Es endet kurz nachdem ein tentakelähnlicher Arm die Fensterscheibe zerschlägt. Er schafft es nicht einmal mehr, den Abzug der Kalaschnikow zu betätigen.

## NOCH MEHR SCHLAGZEILEN

*Westdeutsche Allgemein-Zeitung vom 06.04.*
SCHRECKLICHES VERBRECHEN AUF DER SANTA BARBARA
Herne-Baukau – Ein Massaker wurde am Samstag auf der Santa Barbara verübt, die als Freizeitschiff den Rhein-Herne-Kanal befährt. Aus noch unbekannter Ursache lief das Schiff in den frühen Abendstunden in der Uferböschung unter der Autobahnbrücke der A43 auf Grund. Unbekannte Täter betraten dann die Santa Barbara und ermordeten alle Passagiere und Angestellten, die sich an Deck befanden. Eine notdürftige Zählung der Leichenteile ergab eine ungefähre Zahl von 43 Personen. Die Polizei schließt eine Racheaktion der russischen Mafia nicht aus, denn es wurden Waffen russischer Herkunft gefunden. Vom Schiffseigner Rudi Gock fehlt jede Spur. Die Polizei bittet um sachdienliche Hinweise unter ...

*Santa Barbara – Leserbriefe*

Marlene V. (55 J.): Was ist bloß mit den Menschen los? Wie kann man so was nur machen? Das ist ja ganz furchtbar.

Uwe Z (77 J.): Das liegt alles nur an diesen Videospielen.

Herbert B.: (68 J.): Ich hoffe, die finden diese Schweine ganz schnell.

Werner E. (78 J.): Das wird böse enden ...

Harry L. (50 J.): Namen sind was für Grabsteine, Baby!

## EINE SCHWARZE PROZESSION

Die Zeitungsartikel der letzten Wochen und Monate gingen nicht spurlos an mir vorbei. Die Todesfälle, die seltsame Froschplage in diesem Schrebergarten, jetzt dieses schreckliche Blutbad auf dem Schiff ... Das Ganze verursachte eine sehr unruhige Stimmung in mir, denn wenn man jetzt noch die Geschichten von Onkel Klaus dazu holt und eine ganz abgefahrene Angelegenheit in der Schule an der Stettiner Straße, von der mir eine Nachbarin erzählte – meine Nachbarin ist die Cousine eines Mannes, dessen Nachbarin im gleichen Haus wohnt, wie die Mutter eines Mädchens, das dort zur Schule geht und Zeugin einer gruseligen Geschichte wurde, in der es um einen Finger mit Saugmalen ging –, baut sich so langsam ein sehr unangenehmes Gesamtbild zusammen.

Der Tatort des jüngsten Massakers auf der Santa Barbara ist noch immer weiträumig von der Polizei abgesperrt. Aber es hilft nichts. Ich muss da unbedingt noch mal hin und versuchen, Hinweise zu finden. Es kann doch kein Zufall sein, dass sich diese Vorfälle alle in der gleichen Gegend abspielen, in der ich diese unheimlichen unterirdischen Stimmen gehört habe. Da ist etwas im Boden unter der Autobahnbrücke am Kanal, und ich werde keine Ruhe finden, bis diese Sache nicht abschließend geklärt ist. Diese Stimmen aus der Tiefe und der grüne Rauch zeigen doch, dass es da etwas gibt.

Gestern hatte ich versucht, meinen Kumpel Fredi dazu zu gewinnen, mich zu begleiten. Doch entweder war der zu abgefüllt, um zu verstehen, was ich wollte, oder, ganz im Gegenteil, er verstand genau, was ich wollte, und hat den Schwanz eingezogen.

Bei Fredi weiß man das nie so ganz genau. Manchmal kommt es mir vor, er habe sich schon an die Grenze des Korsakow-Syndroms gesoffen, aber manchmal leuchten da Geistesblitze auf, dir ich seinen lädierten Synapsen nicht mehr zugetraut hätte. Gestern erwies er sich dann doch als unerwartet klar im Kopf: „Ja nee, is klar, dat Dingen da am Kanal, is klar, aber hömma, wat die heute allet in die Zeitung schreiben, ist doch wieso allet ein großen Müll. Mach das ma schön ohne mich. Um die Zeit, wo du dahin willst, hab ich eh noch keinen Tropfen gefrühstückt. Dat geht ja gar nicht."

„Hör zu, Fredi, jetzt mach mal hier keinen auf doof. Ich hab dir schon so oft aus der Klemme geholfen und jetzt bist du mal dran. Weißt du noch, wer das war, der damals die Türken beschwichtigt hat, als du an die Mauer von der Moschee gepinkelt hast und die alle gerade vom Abendgebet da raus kamen? Oder als du in der Black-Rap-Bar dem Kellner Trinkgeld geben wolltest und ‚Stimmt so' gesagt hast, der aber ‚Bimbo' verstanden hat, weil es so laut war? Der hatte seinen Baseballschläger schon in der Hand. Oder dein Auftritt bei der Eröffnung der historischen Selterbude Bickern-West, als du dem Bezirksbürgermeister ..."

„Okay, okay, is ja schon gut. Ich bin ja dabei, olle Nervensäge. Also, worum geht's denn jetzt genau?"

„Hast du dein Fahrrad noch?"

Inzwischen ist es 19:00 Uhr. In sieben Stunden werden sich Fredi und ich zum Kanal aufmachen und mal schauen, ob wir noch etwas herausfinden können, das nicht in der Zeitung oder bei Facebook stand.

Die Zeit zieht sich wie Kaugummi. In einem Anflug von Ungeduld setze ich mich nach sechs Stunden auf mein Fahrrad, um Fredi abzuholen. Wir werden ungefähr zwanzig Minuten zum Kanal unterwegs sein. Bis dahin wird bestimmt niemand mehr dort spazieren gehen. Ob der Tatort bewacht ist, weiß ich nicht, aber sicher finden wir einen Weg, uns unauffällig vorbeizuschleichen. Bei Fredi angekommen, öffnet dieser erst nach wiederholtem Klingeln die Tür. Er begrüßt mich in einer uralten Hose aus neongrüner Ballonseide mit reflektierenden Streifen an den Außennähten. Dazu ein braunes Kapuzenshirt mit einem Bild der Band ‚Tears for Fears' und eine Baseballkappe mit dem Emblem einer lokalen Bierbrauerei.

„Sach ma, hast du sie nicht alle?", frage ich meinen Kumpel. „Wir wollen unauffällig in polizeiliches Sperrgebiet eindringen und du kommst hier mit 'ner Buxe, die leuchtet wie das Fernlicht von Oppas GTI. Zieh dir was anderes an und mach hin. Wir ham nicht die ganze Nacht Zeit."

Haben wir doch, aber das muss Fredi ja nicht wissen. Bei ihm bietet sich etwas gespielte Dringlichkeit immer an.

„Is ja gut", brummt mein Kollege, der jetzt gerade überraschend nüchtern wirkt, und begibt sich wieder in seine Wohnung. Dabei öffnet er die Tür etwas weiter und ein Geruchskonglomerat aus schwarzem Afghan, getrockneten Bierlachen, altem Schweiß und kalten Zigaretten haut mich fast aus den Socken. Kurze Zeit später taucht Fredi wieder auf mit einer dunkelgrauen Jogginghose, die er über seinem Bauch zusammengeschnürt hat (unter dem Bauch würde sie wohl rutschen). Er sieht aus wie Obelix nach drei Stunden bildungsfernem Vormittags-Proll-Fernsehen. Soll mir recht sein. Für das, was ich vorhabe, brauche ich einen Mithelfer und Zeugen, keinen Dressman.

Fredi holt sein Rad vom Hof und wir beide fahren los. Dabei unauffällig zu sein, bleibt mein reines Wunschdenken, wie schon nach wenigen Metern klar wird. Das Schutzblech klappert, das Tretlager quietscht und ein schlecht befestigtes Pedal knallt jedes Mal lautstark, wenn es nach vorne getreten wird. Es kostet Mühe, doch gelingt es mir, mich einer Bemerkung zu enthalten. Kurz vor der Einmündung Richtung Baukau öffnet sich das Fenster eines Wohnhauses: „Geht's auch ein bisschen leiser, ihr Penner? Es ist halb drei, ihr Fuzzis. Seht bloß zu, dass ihr abhaut, sonst komm ich euch da runter."

Glücklicherweise geht es nach der Einmündung bergab, also muss nicht getrampelt werden. Etwas leiser rollen wir weiter und tatsächlich kommen keine weiteren Anwohnerbeschwerden. Jetzt rechts durch die alte Zechensiedlung und dann durch den Schrebergarten, dann sind wir schon am Kanal. Doch das Gartengelände ist mit hohen Drahtzäunen abgesperrt.

„Wat is denn hier los?", will Fredi wissen.

„Ach ja, stimmt ja. Das ist hier das Gebiet, das die abgesperrt haben wegen dieser komischen Froschplage." Ich hebe meinen Arm und weise nach links in Richtung eines unbefestigten Trampelpfades. „Lass uns hier mal versuchen. Vielleicht kommen wir von der anderen Seite zum Kanal." Nach zweihundert Metern auf dem unebenen Untergrund gibt das Klapperpedal von Fredis Fahrrad endgültig den Geist auf und bricht ab. Wir verstecken beide Drahtesel im Gebüsch und gehen den Rest des Weges zu Fuß. Schon nach kurzer Zeit sehen wir die Nachtbeleuchtung des Gewerbegebietes auf der gegenüberliegenden Kanalseite. Die gesamte Helligkeit reicht gerade aus, um stolperfrei auf dem dunklen Weg voranzukommen. Nach wenigen Minuten haben wir das Ufer erreicht. Ich unterbreche Fredi, der gerade wortgewaltig dabei ist, zu beschreiben, wie ihn das Amt wieder einmal beschissen habe und bedeute ihm mit meinem Zeigefinger an den Lippen, jetzt die Klappe zu halten. Die Autobahnbrücke, unter welcher der Vorfall stattfand, befindet sich rechts, die Brücke zum Überqueren des Kanals links. Wir entscheiden uns, zunächst auf dieser Kanalseite zu bleiben und uns von hier aus ein Bild vom Tatort zu machen. Also wenden wir uns nach rechts und gehen den Uferweg entlang. Von Weitem sieht und hört man schon die Autobahn, die auf massigen Betonpfeilern die Kanalsenke überspannt. Im Dämmerlicht dauert es lange, bis die Santa Barbara erkennbar wird. Zwei Polizeiautos am Ufer links und rechts des Schiffes bestätigen meine Vermutung, dass der Tatort bewacht ist. Es bewegt sich nichts. Vermutlich sitzen die Polizisten in ihren Autos. Für einen kurzen Moment glaube ich, ein schmatzendes Geräusch von gegenüber zu hören, doch ist das so schnell vorbei, dass ich schon Sekunden später nicht mehr sicher bin, ob ich wirklich etwas wahrgenommen habe.

„Okay ...", sortiere ich im Flüsterton meine Gedanken. „Wir müssen also rüber auf die andere Seite und dann an den Cops vorbei. Wie stellen wir das an? Was meinst du, Fredi?"

„Lass uns hier weiter geradeaus gehen. In ein paar hundert Metern kommt dann die Brücke nach Pantringshof. Von da aus geht es über das alte Gewerbegebiet direkt unter die Autobahn. Darunter treffen sich immer die Dealer und machen ihre Drogengeschäfte."

Ich frage bewusst nicht nach, woher Fredi das weiß, während ich zusehe, wie mein Kumpel armfuchtelnd irgendwelche Richtungsangaben andeutet.

„Das ist doch Mist", gebe ich zu bedenken. „Meinst du, ich hab Lust, mich da von den Drogis abknallen zu lassen?"

„Der Treffpunkt der Dealer ist ganz weit drüben in Richtung Recklinghausen. Da kommen wir nicht mal in die Nähe. Zum Kanal geht's ja genau andersrum."

Ich bleibe skeptisch, doch in Ermangelung einer Alternative folge ich Fredis Vorschlag. Es dauert eine gefühlte Ewigkeit, bis wir den Weg endlich zurückgelegt haben, doch schließlich stehen wir unter der Autobahn und verständigen uns mühsam durch die Fahrgeräusche von oben.

„Und jetzt?", frage ich.

„Jetzt geht es da lang." Fredi weist nach Süden. „Da kommen wir zum Zaun von dem Gelände hier. Irgendwo dort muss auch ein Loch sein, wenn sie das nicht inzwischen zugemacht haben."

Nach ein paar Minuten nehme ich verwundert zur Kenntnis, dass Fredis Angaben stimmen. Auch das Loch im Zaun ist noch da. Wir krabbeln hindurch, wobei ich einmal Fredis Jogginghose aus dem Drahtgeflecht des Zaunes pulen muss. Schließlich befinden wir uns oben auf der Böschung des Kanalufers und blicken schräg nach unten auf das Schiff. Sogar Fredi hat sich von der morbiden Stimmung der Situation anstecken lassen und schweigt. Noch immer sind keine Polizisten zu sehen. Auch die Autos sind leer. Komisch! An dieser Stelle können wir nicht geräuschlos nach unten gelangen. Stachelige Brombeersträucher versperren den Weg und der Schotter würde herunterkullern. Etwas weiter rechts geht der Wall über in einen Lehmhaufen, der für das Emscher-Renaturierungsprojekt aufgeschüttet wurde. Dort rutschen wir auf unseren Hosenböden herunter und suchen sofort wieder Deckung hinter einem nahegelegenen Gebüsch.

Aus Richtung des Schiffes dringt ein Schmatzgeräusch an mein Ohr. Diesmal ist kein Zweifel möglich. Das Geräusch ist keine Illusion. Aber was ist seine Quelle? Es klingt, als würden monstr'röse Lippen mit einem Trinkhalm die Reste aus einem Becher saugen. Fredi hat das Geräusch auch gehört. Wir wagen noch immer nicht zu sprechen, doch der Blick, den er mir zuwirft, ist eindeutig.

Jemand watschelt über den Kiesweg. Zu sehen ist er nicht, aber zu hören ... und zu riechen. Ein entsetzlicher Fischgestank verbreitet sich über dem unbewachten Tatort. Ich bereue nun, meine Neugier nicht im Zaum gehalten und den unbeteiligten Fredi in die Sache hineingezogen zu haben. Der Gesichtsausdruck meines Bekannten ist eine verzerrte Maske aus Angst und Abscheu. Nur einmal zuvor habe ich ihn so gesehen – damals, als der Wirt seiner Stammkneipe drohte, ihm kein Bier mehr zu geben, wenn die alten Deckel nicht endlich bezahlt würde.

Und dann bricht der Horror aus!
Der Fischgestank wird noch unerträglicher, als drei unheimliche, gebückte Gestalten hüpfend und schlurfend das Schiff verlassen. Sie sind in wallende, dunkle Roben gekleidet. Eine trägt ein hohes Diadem, das silbrig das Licht der Nachtbeleuchtung des Gewerbegebietes reflektiert. Das Dahinhopsen dieser Wesen ist so sonderbar, dass mich ein Schauer überläuft, denn sie bewegen sich auf eine Art, die nicht auf den Gang mit Füßen

und Beinen beruhen kann. Das hüpfende Schlurfen wirkt einerseits unbeholfen, andererseits aber gefährlich geschmeidig. Fast springend, als wäre sie nicht für die Fortbewegung an Land geschaffen, überquert die widerwärtige Prozession den Uferweg und stößt dabei diese schmatzenden und quakenden Töne aus, die mich schon Minuten zuvor so sehr in Angst versetzt haben. Etwas Kleines hüpft ihnen hinterher – eine ganze Horde etwa fußballgroßer Geschöpfe. Es sind Frösche. Die Amphibien folgen den drei schaurigen Wesen wie Entenküken ihrer Mutter. Dumpf grollende, bösartige Töne – weit entfernt vom üblichen Quaken – lassen Zweifel in mir aufsteigen, ob es sich dabei um natürliche Vertreter der sonst harmlosen Wasserbewohner handelt. Wie war das noch mit der Froschplage in dem abgesperrten Schrebergarten? Ich hab es vergessen – oder verdrängt –, denn das Ereignis ist noch gar nicht so lange her.
Fredi stöhnt kurz auf. Ich könnte ihn umbringen, diesen Idioten. Hoffentlich hat das niemand gehört. Ein schabendes Geräusch deutet an, dass etwas geöffnet wird. Die Stimmen der fischartigen Wesen scheinen sich zu entfernen. Sie verhallen ein wenig, als befänden sich diese Halbmenschen in einem Tunnel oder einer Höhle. Eine gefühlte Ewigkeit bleiben Fredi und ich reglos hinter dem Busch sitzen. Jetzt wäre eigentlich ein guter Moment, das Weite zu suchen, doch möchte ich hier nicht weg, ohne wenigstens einen kurzen Blick ins Innere des Schiffes gewagt zu haben. Fredi ringt mit sich und den rudimentären Resten seines Mutes. Die Aussicht, allein hinter dem Busch zu sit-

zen, erscheint ihm noch erschreckender, als mir zu folgen – also folgt er mir.

Von den Fischwesen ist nichts zu sehen. Gerade als ich mich dem Fenster des Unterdecks nähere, springt ein Frosch von innen vor die Scheibe. Entsetzt weiche ich zurück. Mit saugnapfbewehrten Füßen klebt das Tier an den wenigen Millimetern Glas, das mich von diesem Monstrum trennen. Böse Augen und ein Maul mit mehreren Reihen spitzer Zähne machen deutlich, dass es in der Tat kein gewöhnlicher Frosch ist und dass ich erhebliche Verletzungen davongetragen hätte, wäre da nicht das Fenster gewesen. Ein Fenster, das nun ein spinnennetzähnliches Muster aus Rissen ausbildet. Nichts wie weg hier! Panisch renne ich los und erhasche im Wegdrehen noch so eben einen Blick auf zwei leere Polizeiuniformen, die auf dem Schiffsboden liegen. Fredi steht derweil dicht hinter mir und ich remple ihn unsanft um. Dabei streckt er ein Bein aus, und ich stolpere mit ein paar unkontrollierten Schritten in die Richtung, die ich tunlichst vermeiden wollte. Ich folge unfreiwillig dem Weg der Fischwesen und kann nicht verhindern, mit dem Kopf vor eine metallene Lukenabdeckung zu stoßen und vornüber in den Schacht zu fallen, den die Platte eigentlich verschließen soll, ist sie doch dazu gemacht, Beulen zu verhindern, und nicht, welche zu verursachen.

Ich falle einige Meter tief. Der Schacht ist schmal. Mein Sturz wird gebremst durch wiederholte schmerzhafte Karambolagen mit eisernen Metallsprossen, die u-förmig aus der Wand ragen.

Im Reflex gelingt es mir, mich an der untersten Verstrebung festzukrallen. Der Schwung des Sturzes entlädt sich in einer Schaukelbewegung, die meine Füße vor die Decke des unten befindlichen Raumes schwingen lässt. Das tat jetzt nicht wirklich weh. Mein Körper schaukelt zurück und bald hänge ich mit den Füßen nach unten an der Trittleiter, ohne dass ich in der Dunkelheit erkennen kann, wie weit unter mir sich der Boden befindet. Mein Versuch, mich mit einem Klimmzug wieder in den Schacht zu manövrieren, scheitert kläglich. Warum sollte das auch gelingen, das hatte ja schon in der Schule niemals hingehauen. Im Sportunterricht war ich seinerzeit nur in einer Hinsicht erfolgreich: Es gelang mir immer, meine schadenfrohen Schulfreunde trefflich zu erheitern. Ich taste mit den Zehenspitzen nach unten, doch kein Boden wird spürbar. Es wird jetzt nicht mehr lange dauern und die Kräfte meiner Hände werden nachlassen.

Die Sekunden fühlen sich wie Stunden an, und als meine Finger schließlich nachgeben, schicke ich ein Stoßgebet an den Gott, an den ich nie so richtig geglaubt habe. So kurz vor dem Lebensende ist es sicher nicht falsch, noch einmal Beziehungspflege zu Wesen zu betreiben, die einem das ewige Leben versprechen. Das Gebet ist nur sehr kurz. Nach wenigen Zentimetern setzen meine Füße unerwartet schnell auf dem Boden auf. In meinem Tempo kann ich einen kurzen Sturz nicht ordentlich abfangen und so knickt mein rechter Fuß schmerzhaft zu Seite. Ich unterdrücke einen Aufschrei und kippe unsanft der Länge

nach auf den Betonboden. Glück im Unglück: Zu meiner Beruhigung stelle ich fest, dass der Schmerz nachlässt und offenbar nichts gebrochen oder verstaucht ist. Meine Augen haben sich zwischenzeitlich an die Dunkelheit gewöhnt, und ich fange an, Details zu erkennen. Keines dieser Roben tragenden Fischwesen ist in der Nähe. Ich schaue nach oben und sehe den Kopf Fredis etwa zehn Meter über mir in der oberen Schachtöffnung. Sein Gesicht erzählt mir eine Geschichte: „Tut mir leid, Kumpel, aber jetzt ist gut. Is sicher scheiße, dass du da unten im Loch gelandet bist, aber nix in der Welt kann mich dazu bringen, dir hinterherzuklettern. Das war's! Jetzt ist genug! Ich seh zu, dass ich hier wegkomme, und geh mir einen saufen. Du hast ja sonst auch alles immer gut in den Griff bekommen, dann klappt das auch jetzt. Da mach ich mir keine Sorgen. Und tschüss."
Mit dem letzten Wort dieser nonverbalen Botschaft verschwindet Fredis Kopf aus der Schachtöffnung. Zu erwarten steht, dass er sich nicht traut, so eine Geschichte bei der Polizei zu erzählen. Mir wird klar, dass ich auf mich allein gestellt bin.
Von dem unterirdischen Raum, in dem ich mich gerade befinde, geht ein Gang ab, der nach wenigen Metern abknickt. Ein vages, diffuses Licht reflektiert sich an der Tunnelwand. Aus weiter Entfernung höre ich schmatzende Stimmen und grauenerregende Gesänge. Erst jetzt nehme ich den unbeschreiblichen Fischgeruch wahr, der diese Katakomben aufs Übelste verseucht. Ich gehe meine Optionen durch. Das geht schnell, denn viele habe ich nicht. Ich könnte versuchen, durch einen geziel-

ten Sprung die unterste Trittsprosse im Schacht zu erreichen und mich noch einmal hochzuziehen, um anschließend zu sehen, dass ich diesen unseligen Ort so schnell wie möglich verlasse. *Kannste vergessen (siehe oben)!* Der Gedanke, hier zu warten und darauf zu hoffen, dass Fredi doch Hilfe holt, erscheint mir relativ aussichtslos. Wahrscheinlicher ist, dass mich die Stinkwesen hier wie auf dem Präsentierteller aufgreifen. Das kommt mir nicht besonders erstrebenswert beziehungsweise Erfolg versprechend vor. Letzte Option: dem Gang folgen, in der Hoffnung, mich in dessen Verlauf so gut verstecken zu können, dass ich unbemerkt bleibe. Vielleicht erfahre ich ja so etwas Nützliches und vermag das Vorhaben der Fischmenschen (welches auch immer das sein mag) zu verhindern. Womöglich finde ich gar eine andere Trittleiter, die hoch genug reicht, um in den Schacht zu gelangen.

# CSI: WANNE-EICKEL

(Anmerkung des Autors: An den Beginn dieses Kapitels gehört eigentlich ein Trailer oder Vorspann, wie man ihn von vergleichbaren Fernsehserien her kennt. Das macht in einem Roman natürlich überhaupt keinen Sinn, aber um sich der Stimmung etwas anzunähern, empfehle ich jetzt, erst mal ein Lied von ‚The Who‘ anzuhören.)

Das Kriminaltechnische Institut Röhlinghausen ist ein Kleinod moderner Architektur. Zwischen Bauhaus und Postmoderne hat der Architekt hier ein Meisterwerk aus Stahl, Beton und reflektierendem Glas geschaffen, das sich zwölf Stockwerke hoch harmonisch in das Ambiente im Zentrum des Ruhrgebiets einfügt. Die eher konservativ eingestellten Anwohner vermögen die Begeisterung für dieses Bauwerk allerdings nach wie vor nicht zu teilen, denn es steht „großkotzig in der Gegend rum und macht Schatten auf die Stachelbeeren". Eigentlich gab es seinerzeit keinen Grund, dieses Institut ausgerechnet dort anzusiedeln. Röhlinghausen hat keine gute Verkehrsanbindung und liegt so gesehen nicht sonderlich zentral, auch wenn eine schmucke Messingplakette hier den geografischen Mittelpunkt des Ruhrgebiets für sich proklamiert. Es ist nur unter erschwerten Bedingungen mit dem öffentlichen Nahverkehr zu erreichen und liegt – in Maßstäben des Ruhrgebiets gemessen – recht weit von der nächsten Autobahnauffahrt entfernt. Es geht das Gerücht von irgendeinem EU-Finanzierungsmodell, dessen Topf kurzfristig ausgeschöpft werden musste, damit er nicht verfällt. Und so entstand ein Bauwerk mit einer Ausstattung, die selbst die CSI-Ermittler aus dem Fernsehen vor Neid erblassen lässt: Drei Stockwerke für die Abteilung der Technischen Formspuren, davon allein eine Etage für die Untersuchung geknackter Wegfahrsperren und eine weitere für Waffenuntersuchungen. Darüber hinaus Unterabteilungen für Handschuhspuren, Wiedersichtbarmachung entfernter Prägezeichen, Passspuren, Glasbruch, Bissspuren, Bekleidungsidentifizierung und so weiter und so fort. Und jede Abteilung ist ausgestattet mich hochkompetentem Personal der höheren Einkommensklasse.

Die Biologische Analytik und die Forensische Biologie, darunter auch die DNA-Analyse, befinden sich im Keller. Berufe, die mit Leichen zu tun haben, befinden sich IMMER im Keller! Das ist nicht erst so, seit Boris Karloff als Frankensteins Monster über die Leinwand geisterte. Leider war für die IT-Forensik dann doch kein Geld mehr übrig und so arbeiten die Schreibkräfte noch immer mit einem Betriebssystem von anno tuck – sprich: von 1995 – an kubikmetergroßen Bildschirmen.

Ein Mann meldet sich über das Mikrofon an der Schranke beim Pförtner, der ihn fast schikanös lange warten lässt, bis er sich schließlich bemüßigt fühlt, den rot-weißen Balken zu öffnen. Zehn Minuten später steht der in einen eleganten Anzug gekleidete Besucher Doktor Maltoff gegenüber, dem Abteilungsleiter der Biologischen Analytik. Heute wirkt Letztgenannter so, als seien Weihnachten, Geburtstag und Ostern auf einen Tag gefallen. Doktor Maltoffs Job ist sonst nicht so wirklich spannend, doch jetzt hat er Körperteile von gleich Dutzenden von Leichen auf seinen Seziertischen liegen. Er kann sein Glück kaum fassen und weiß gar nicht, wo er anfangen soll.

„Erzählen Sie mir etwas über diese Leiche", nimmt ihm der Besucher mit einer gebieterischen Geste die Entscheidung ab.

„Diese Leiche, diese Leiche, kopflos, männlich ...", nuschelt der Pathologe vor sich hin, während er unbeholfen in einem Stapel fliegender Blätter auf seinem Schreibtisch wühlt. „Ah, ja – hier!" Triumphierend hält er einen Stapel Papier hoch und ist ein wenig enttäuscht, dass sein Gegenüber seine Begeisterung über den erfolgreichen Aktenfund nicht teilt. Doktor Maltoff weiß nur wenig über den Mann, der hier so großkotzig herumkommandiert. Der Kerl taucht immer wieder mal auf und mischt sich bei ausgesuchten Fällen in die Untersuchung ein. Er soll von irgendeiner streng geheimen Regierungsbehörde kommen, doch gelang es dem Pathologen niemals, Genaueres zu erfahren. Zumal ihm für den Fall zu großer Neugier der Verlust der Subventionen, seines Jobs und seiner Schneidezähne in Aussicht gestellt wurden. Da ist konstruktive Mitarbeit sicher die empfehlenswerteste Herangehensweise. „Es handelt sich um eine männliche Leiche, Todeszeitpunkt vor drei Tagen in den späten Abendstunden. Der Abtrennung des Kopfes erfolgte postmortal ... Das heißt: nach dem Tod", belehrt der Mediziner gönnerhaft sein augenrollendes Gegenüber. „... mit einem nicht ganz scharfen klingenähnlichen Gegenstand. Darüber werden weitere Untersuchungen Aufschluss geben. Die Todesursache ist eine schwere Bauchquetschung." Wie um seine Aussage zu bestätigen, lüftet er kurz das Leichentuch und zeigt auf eine brutal wirkende Wunde am Leichnam. „Wie die daktyloskopische Untersuchung ergab ... Das ist die Untersuchung der Fingerabdrücke ...", der Besucher ringt um Geduld, „... handelt es sich um Mark Gunter, siebenunddreißig Jahre alt, weitestgehend unbescholten, im Alter von siebzehn Jahren einmal auffällig geworden durch den Verkauf von Marihuana auf dem Schulhof des Gymnasiums Eickel in Herne. Der Mann war beliebt und hatte überhaupt keine Feinde."

„Zumindest einen muss er gehabt haben", erwidert der mysteriöse Anzugträger kühl.

„Wie meinen Sie?"

„Er lag ohne Kopf und mit tödlichen Bauchverletzungen am Boden eines Schiffes."

„Ach ja. Da haben Sie wohl recht ..." Der Besucher ballt die Fäuste in der Tasche. Dieser Maltoff ist dumm und anstrengend und mischt sich in Dinge ein, die ihn nichts angehen. Wie zum Teufel will er denn herausgefunden haben, dass der Tote keine Feinde hatte? So was kriegt man nicht im Labor heraus. Der soll Leichen untersuchen und nicht das Umfeld ermitteln. Er macht sich eine gedankliche Notiz, dieser Sache später einmal auf den Grund zu gehen. Jetzt will er nur noch hier raus und wartet mit rapide sinkendem Gemüt das Ende von ‚Malt Offs' Ausführungen ab. „Eine Untersuchung der Rückstände auf der Kleidung des Toten ergab eindeutig, dass der Fundort auch der Tatort ist", fährt der Pathologe fort. „In der Wunde befanden sich Schmutz- und Pflanzenpartikel, die eindeutig dem Wasser des Rhein-Herne-Kanals zugeordnet werden konnten. Der Tatort lässt sich eingrenzen auf einen drei Kilometer langen Bereich des Gewässerverlaufs ungefähr in der Höhe des Industriegebietes im Norden von Herne beziehungsweise im Süden von Recklinghausen. Gunters Mageninhalt bestand aus Pizza mit einem hohen Anteil von ..."

„Beschränken Sie sich bitte auf das Wichtigste. Ansonsten würde ich mich auch mit dem schriftlichen Bericht zufrieden geben. Ich habe jetzt nicht die Zeit, mich um nebensächliche Kleinigkeiten zu kümmern."

Der Pathologen wirkt jetzt ein wenig beleidigt, während er seine Unterlagen überfliegt: „Die Leichen sind übersät von kleinen phosphoreszierenden Bläschen. Es ist uns noch nicht gelungen, herauszubekommen, worum es sich dabei handelt. Diese Bläschen sind außerordentlich stabil. Noch nicht einmal ein Skalpell kann die Außenschicht durchdringen. Sehen Sie hier!"

Doktor Maltoff löscht das Licht, doch im Labor wird es nicht dunkel. Dem Mann im Anzug bleibt der Mund offen stehen. Es herrscht nun ein schummriges Zwielicht, das von einem giftigen Leuchten dominiert wird, dessen Herkunft eindeutig auf die mehreren tausend Blasen auf den toten Körpern zurückzuführen ist. Noch bevor der Pathologe die Lampen wieder anmachen kann, ertönt ein platzendes Geräusch, einhergehend mit höllischem Gestank nach verdorbenem Fisch. Beide Männer zucken schreckhaft zusammen und sehen mit an, wie sich die geheimnisvollen Blasen eine nach der anderen öffnen. Grünes Gas steigt von den Körpern auf und sammelt sich in kreisrunden Schwaden unter der Decke des Raumes. Mit einem unguten Gefühl in der Magengegend stellt der Doktor Maltoff fest, dass das Gas sich keineswegs in zufälligen Mustern ansammelt. Die Partikel scheinen gesteuert und zielgerichtet zusammenzufinden. Schwarmbewusstsein?

Das Stakkato der platzenden Blasen nimmt inzwischen ohrenbetäubende Ausmaße an. Ebenso verstärkt sich der Fischgeruch ins Unerträglich. Maltoff öffnet eine Glastür und versteckt sich in der sterilen Eingangsschleuse, um dem Chaos zu entgehen. Allmählich wird es leiser. Schließlich sind alle Blasen geplatzt. Kurz bevor er das Licht wieder anmacht, sieht der Pathologe, wie die grüne Gaswolke mit einem zischenden Geräusch durch das Entlüftungssystem unter der Decke entweicht. Doktor Maltoff tritt aus der Schleuse heraus ins Innere seines Labors. Der Fischgeruch ist seltsamerweise gänzlich verflogen. Alles sieht aus wie vorher. Nur bei genauerem Hinsehen bemerkt er die Veränderung an den Leichen. Sie sind jetzt ausgetrocknet, wie mumifiziert.

Das gilt auch für die Leiche des Regierungsbeamten, dessen eleganter Anzug nun in einem krassen Gegensatz steht zum verzerrten Gesichtsausdruck seines Besitzers.

Langsam bewege ich mich durch den unterirdischen Gang. Glücklicherweise sind die Wände nicht glatt. Es finden sich immer wieder Vorsprünge, hinter denen ich mich verstecken kann. Das Geschnatter der Fischmenschen wird immer lauter, ich nähere mich ihnen an. Jetzt ist absolute Vorsicht geboten.

Der Boden besteht hier aus matschigem Lehm, also knirschen die Schritte nicht so wie bei einem Untergrund aus Schotter und Kies. Ich muss zwar behutsam einen Fuß vor den anderen setzen, um nicht auszurutschen, aber nicht befürchten, wegen der Laufgeräusche entdeckt zu werden. Das Platschen der hüpfenden Gangart der Fischmenschen übertönt alles. Sachte geht es bergab. Nach etlichen Biegungen habe ich die örtliche Orientierung verloren. Wenn die Wesen vor mir stehen bleiben und hinter mir eine weitere Gruppe nachrückt, bin ich in der Falle.

Ich verdränge diesen unangenehmen Gedanken und blicke mich um. Das Aussehen des Stollens hat sich mittlerweile verändert. Die Wände sind bedeckt mit einem biolumineszenten Schleim, der ein gelbliches Schummerlicht produziert. Hell genug, um Einzelheiten in der Umgebung erkennen zu können. Die Stollendecke wird von reliefhaft verzierten Stempeln gestützt. Abgebildet sind abscheuliche Szenarien mit tintenfischartigen Ungeheuren vor Städten zyklopischen Ausmaßes. Handwerklich und künstlerisch sind die Reliefs mit erstaunlicher Präzision und Detailtreue ausgeführt, die Motive jedoch müssen einem kranken Verstand entsprungen sein. Den Wesen bin ich inzwischen dicht auf den Fersen. Ich muss hinter einer Biegung warten und sie etwas vorangehen lassen, damit ich nicht in Sicht komme. Siedend heiß fällt mir ein, dass ich mein Handy nicht ausgeschaltet habe. Hier unten ist zwar nicht mit Empfang zu rechnen, aber sicher ist sicher. Es gibt viele dumme Arten zu sterben, aber einen Feind mit einem Klingelton auf sich aufmerksam zu machen, ist sicher eine der dümmsten.

Der Gang geht jetzt steiler abwärts. Wir müssen uns in einem Kohleflöz befinden. Auf schwarzen Stufen, die direkt in das Gestein gemeißelt wurden, bewege ich mich immer weiter in die Tiefe. Überraschenderweise sind die Stufen sauber wie nach einem Hausputz von Tante Lina. Dennoch nehme ich mir vor, genau auf den Boden zu achten, um nicht versehentlich ein übrig gebliebenes Steinchen nach unten zu kicken. Noch immer ist es der Schleim, der die Szenerie illuminiert, doch klebt er jetzt nicht mehr wild wuchernd an den Wänden, sondern wurde gezielt in merkwürdigen Mustern auf die Wände platziert. In den Zwischenräumen befinden sich weitere abstoßende Reliefs, ähnlich denen an den Stollenpfosten weiter oben. Ein Motiv wiederholt sich in loser Reihenfolge: das eines fünfzackigen Sterns mit einer etwas plüschig wirkenden Außenkante.

Ich vermag nicht mehr einzuschätzen, wie lange ich schon unterwegs bin und wie weit unter der Oberfläche ich mich befinde. Vor mir reflektieren die Wände ein helles Licht, dessen Quelle sich um die Ecke befinden muss. Mit angehaltenem

Atem taste ich mich zentimeterweise voran und blicke vorsichtig um die Ecke. Die Prozession befindet sich ungefähr hundert Meter vor mir. Der Gang ist in eine unterirdische Halle von gewaltiger Größe eingemündet. Eine blendende Lichtquelle in der Mitte verhindert eine klare Sicht; so kann ich auch, nachdem sich meine Augen der Helligkeit angepasst haben, die Rückwand der Kaverne nicht erkennen. Im Abstand von etwa zehn Metern zur Außenwand befindet sich ein Ring aus übermenschlich großen, schwarzen Statuen von ausgesuchter Hässlichkeit. Mit ein paar schnellen Schritten renne ich nach vorne und nutze eine davon als versteckten Beobachtungsposten. Die Kohlebildnisse stehen etwa zwanzig Meter voneinander entfernt und insofern lässt sich ein ungefährerer Radius abschätzen. Sollte diese Halle tatsächlich kreisrund sein, was ich ja wegen der unsichtbaren Rückwand nicht wissen kann, so muss diese Halle mindestens anderthalb Kilometer durchmessen. Am Sockel der Statue vorbei erblicke ich eine schreckliche Szenerie. Es müssen tausende dieser Fischmenschen sein, die wild durcheinander quakend eine riesige Kugel in ihrer Mitte umringen. Das runde Objekt ist durchsichtig (Panzerglas? Ein Kraftfeld? Keine Ahnung!) und enthält eine Substanz in der gleichen grünlichen Farbe wie das Gas, das mir schon wiederholt an der Oberfläche aufgefallen ist. An einem mit fünfzackigen Sternen versehenen Altar vor dieser Kugel steht eine riesige, gallertartige Gestalt mit Krakenarmen, deren gelbe Augen durch eine kunstvoll geschmiedete Goldmaske hindurch funkeln. Mit bösem Blick beo-

bachtet der schleimige Oktopoid die Menge. Einer der Tentakelarme greift nach einem dudelsackähnlichen Musikinstrument. In weiser Voraussicht stopfe ich mir die Finger in die Ohren. Keine Sekunde zu früh. Eine abstoßende Melodie in ohrenbetäubender Lautstärke erklingt. Eine krankhafte Tonfolge von unmenschlicher Atonalität. Die Fischmenschen stimmen mit ein, und die Höhle ist erfüllt von einer Geräuschkulisse, die Assoziationen an das berühmte Höllengemälde von Hieronymus Bosch weckt: „Haaiih, Haaiih, Kutulu fatagn, Fenglui merglfnaf, Kutulu Rillyeh wagel fatagan. KUTULU RILLYEH. Fenglui merglfnaf, Kutulu Rillyeh wagel fatagan ...“
Auf dem Höhepunkt dieser fremdartigen Liturgie gebietet der moluskelhafte Würdenträger mit herrischer Tentakelgeste zu schweigen. Augenblicklich stellt sich absolute Ruhe ein. Dann bewegt er sich zu einer kleinen Maschine im Steampunk-Design rechts neben der Kugel und betätigt einen Schalter oder eine Art Wasserhahn. Das ist auf die Entfernung nicht gut zu erkennen. Daraufhin öffnet sich der obere Teil der Kugel, das grüne Gas – darum handelte es sich tatsächlich – steigt unter die Hallendecke und bildet eine wirbelnde Formation, bevor es durch eine nicht näher erkennbare Öffnung nach oben entweicht. Als der Tentakelpriester wieder zu seinem Dudelsack greift, entscheide ich mich, genug gesehen zu haben und mache mich zügig, aber vorsichtig auf den Rückweg. Gerade habe ich die zweite Biegung umrundet, als ich ein vertrautes Platschen hinter mir wahrnehme. Mir geht mit Erleichterung auf, dass ich

genau im richtigen Moment die Veranstaltung verlassen habe. Ich beeile mich, obwohl ich genau weiß, dass ich mit meinen recht langen Beinen immer schneller sein werde als die Fischmenschen, doch halte ich es für eine gute Idee, möglichst schnell möglichst viel Abstand zwischen uns zu bringen.

Nach einiger Zeit muss ich einsehen, mich verausgabt zu haben. Es ist noch ein gutes Stück Rückweg zu bewältigen, aber ich befinde mich bereits in dem Bereich mit den Reliefpfeilern. Das dürfte Vorsprung genug sein, um ein wenig zu verschnaufen. Mit ein paar tiefen Atemzügen gelingt es mir, meine Herzfrequenz etwas herabzusetzen. Auch das Rasseln in der Lunge ebbt ab. Kurz darauf kann ich wieder normal atmen. Erst jetzt, in dieser kurzen Zeit der Entspannung, kommt mir der furchtbare Fischgeruch zu Bewusstsein und ich kann nur mühsam einen Brechreiz unterdrücken. Weiter geht es! Gerade bin ich ein paar Schritte gelaufen, als ich eine schnatternde Stimme vernehme. Und sie kommt von vorne. Ich bin eingeschlossen zwischen zwei Prozessionen. Schei...benkleister! Es hilft nichts, ich muss kämpfen. Die Meute hinter mir ist definitiv zu groß. Von der Gruppe vor mir weiß ich nichts Genaues, also ist der Weg nach vorne der Einzige, der mir eine Überlebenschance bietet.

Feindkontakt nach nur wenigen Metern. Es handelte sich nicht um eine Gruppe. Ein recht klein geratenes Exemplar der Fischmenschen kommt mir entgegen und rezitiert dabei aus einem großen Folianten, den er aufgeschlagen vor sich her trägt. Er ist so vertieft in seine Litanei, dass er meine Faust erst bemerkt, als sie sich ein paar Zentimeter vor seinem Gesicht befindet. Nach einem grätenknirschenden Aufschlag geht er stumm zu Boden und rührt sich nicht mehr. Von hinten höre ich noch nichts. Die Besucher des Rituals liegen noch weit zurück, also nutze ich die Zeit, die vor mir liegende Gestalt nach irgendwelchen Nützlichkeiten zu durchsuchen. Die schwarze Robe wird von einem Seil gehalten. Sehr gut, das könnte mir beim Ausstieg aus dem Schacht helfen. Auf dem Kopf trägt der Kleine eine goldene Tiara, die ein Vermögen wert sein muss, doch ist sie zu schwer und unhandlich, um sie mitzunehmen. Mit einem Fluch hinter zusammengepressten Zähnen schiebe ich die Krone zur Seite. Das Buch hat ein paar Verschlussschnallen und einen Transportgurt. Offensichtlich wird es verschiedenenorts für irgendwelche Götzendienste gebraucht. Ich hänge es mir um und steige über die reglose Gestalt.

Der Gang hat anders als gedacht doch ein paar Abzweigungen. Vielleicht waren diese auf dem Hinweg verschlossen. Im Vorbeigehen blicke ich in eine Art Hangar. Leider bleibt mir keine Zeit, dies näher zu untersuchen. So erwische ich in meiner Eile nur einen flüchtigen Blick auf eine Reihe von fliegenden Untertassen, die allesamt mit Hakenkreuzen versehen sind. Ein weiterer Gang ein paar Meter weiter enthält eine Reihe von zellenähnlichen Türen. An einer davon scheint kräftig von innen gerappelt zu werden. Nach gefühlt kurzer Zeit befinde ich mich schließlich an meinem Ausgangspunkt: dem kleinen, unterirdischen Raum mit dem Schacht zur nördlichen Kanalseite. Das Seil ist lang genug, um es über die unterste Trittsprosse zu schleudern und dann noch ein paar Knoten als Steighilfe hineinzubinden. Das klappt! Es ist etwas mühsam, die Füße in die Schlingen zu manövrieren, doch schon nach kurzer Zeit bin ich so weit nach oben gelangt, dass mein rechter Fuß die Trittleiter erreicht. Oben angekommen, erwartet mich links der Sonnenaufgang und rechts das gelangweilte Gesicht von Fredi.

„Boah, das hat aber echt lange gedauert. Und ich sitz hier die ganze Zeit. Finde ich total scheiße, einen so warten zu lassen.“

Freitag: Über dem Schornstein des Steag-Kraftwerkes an der Südseite des Rhein-Herne-Kanals sammeln sich kleine grüne Gaswölkchen. Sie sind noch nicht mit dem Auge erkennbar, doch das soll sich bald ändern.

Samstag: Rentner Peter Mikulski wundert sich bei einem Spaziergang am Kanal über den grünen Schimmer oberhalb des Steag-Schornsteins, vermutet aber, dass es sich um die Reflexion der Lichter aus dem Gewerbegebiet handelt. Bis er zu Hause ist, hat er das Ganze schon vergessen.

Sonntag: Der grüne Schimmer wird deutlicher, und es zeichnet sich ab, dass es sich um eine Wolke handelt. Sie rotiert konzentrisch um den Schornstein des Kraftwerkes und ist offenbar nicht den Einflüssen von Wind und Wetter unterlegen. Die Aufmerksamkeit in der Bevölkerung wächst. Es werden erste Handyfotos geschossen.

Montag: Das Grün konzentriert sich und wird kräftiger in der Farbe. Die Wolke durchmisst jetzt circa dreißig Meter und bildet einen Wirbel, der sich gegen den Uhrzeigersinn über dem Kraftwerk dreht. Lokale Zeitungen berichten, erste YouTube-Videos werden hochgeladen.

Dienstag: Die Wolke wächst. Das Fernsehen überträgt landesweit Bilder des Phänomens. Wissenschaftler werden zurate gezogen, können jedoch keine gehaltvollen Erklärungen liefern. Es setzt verstärkter Sensationstourismus ein und die Polizei kann nur mit Mühe ein Verkehrschaos verhindern.

Mittwoch: Innerhalb der Wolke wird eine dunkle Struktur erkennbar. Die wirbelnden Partikel verhindern eine klare Sicht.

Donnerstag: Ein schlauchförmiges, organisches Etwas, wie ein moluskelhafter Tentakel mit haarähnlichen Auswüchsen, dringt aus der Wolke und klammert sich spiralförmig um den Schornstein des Kraftwerkes.

Freitag: Es geschieht nichts Neues. Die Wolke wirbelt und der Tentakel verbleibt in der beschriebenen Position. Er bewegt sich nicht, pulsiert nur ein wenig.

Der kundige Magus wird nur wenig Muehsal damit haben, den großen Shubb-Joghuroth zu beschwoeren und in das Licht dieser unbedeutenden Welt zu holen, sofern nur er vermag, die rechten Proceduren, die rechten alchymistischen Salze und die rechten Opferungen auf gemessene Weyse zusammenzufuehren. Wie seit anfanglosen Zeyten prophezeiet, ist es dem großen Shubb-Joghuroth bestimmet, den Weg zu bereiten dem großen Kutulu fuer seine Wiederkunft auf der Erde, auf dass dieser seyn tausendjaehriges Reich errichte und herrsche ueber den Planeten mit boeser Macht, die wird lassen den Unkundigen schlottern und vor Angst erbeben, wohingegen der Glaeubige wird sich sonnen im ewigen Ruhme des großen Kutulu und herrschen an seiner Seite ueber das Gewuerm, das einst Mensch ward geheißen. (Schreckronomikon Seite 241)

Die Hoellenwelten seyn gar viel an der Zahl. Doch die maechtigste sei genannt diese, welche bewohnet der große Shubb-Joghuroth, der bestimmet ist, zu wecken den großen Kutulu aus ewigem todgleichen Schlafe. Doch zu finden zu seinem Meyster muessen sich oeffnen zuvor die Gruenen Tore der Dimensionen, die zu verlassen es dem Wegbereiter Not tut, zu verrichten seine Aufgabe. (Schreckronomikon Seite 153)

Das Nahen des großen Shubb-Joghuroth stehet kurz bevor, wenn die gruene Wolk in ihrem Inneren oeffnet das Portal zu seiner Hoellenwelt. Welch Freude wird es seynen Juengern seyn, jenes Portal zu bereyten, denn groß ist der Lohn fuer jene, die zu Lebzeiten sich verschrieben haben der Errichtung des neuen Reiches fuer Kutulu den Großen. Das Universum wird beben und kein Stern sei verschonet vor dem endgueltigen Erloeschen, welches Kutulu wird anheben zu verwirklichen. (Schreckronomikon Seite 165)

So verstehe, geneygter Adept der duesteren Alchymie, dass die gruene Wolke mehr sei als eyn blankes Wetterphaenomene. Gefuettert seyn will sie mit dem Lebensodem der Unbedeutenden, auf dass sie wachse, bis in ihrem Inneren sich manifestiere das Tor zur Welt des Shubb-Joghuroth. (Schreckronomikon Seite 15)

Ist der Schwarze Tunnel erst geoeffnet, stehet der Herrschaft des großen Kutulu nur noch im Wege, dass offen gehalten muss seyn das Tor, auf das es sich nicht schließe im unrechten Momente. Nur so kann der große Shubb-Joghuroth es durchdringen, zu errichten die Herrschaft der Alten. So sei gemahnet, mit Sorgfalt und Nachhaltigkeit zu Werke zu gehen, denn groß ist des Zorn des Shubb-Joghuroth, wenn er nicht tun kann, was tun er soll aufgrund unverzeihlicher Schlamperey. (Schreckronomikon Seite 472)

Fuenf ist die Zahl! Nicht sei es die Vier oder nachgerade die Drey. Denn die Fuenf ist die Zahl der Spitzen des Pentagramms, Fuenf ist die Zahl der Elemente (sofern der Aether sey hinzugefuegt zu Feuer, Wasser, Luft und Erde), Fuenf ist die Zahl der Finger des Menschen, Fuenf auch die Zahl der Arme des großen Shubb-Joghuroth. Fuenf ist die Zahl, die ... et cetera ... (Schreckronomikon Seite 17)

Einem Sterne gleich ist die Gestalt des großen Shubb-Joghuroth. Fuenf der Arme, zu tun, wofuer ein Arm sei gedacht. Acht der Augen, zu sehen, was gesehen soll seyn. Zwei der Maeuler, zu verschlingen eynen Jeglichen, der als unwuerdig sich hat erwiesen. Und von gigantischer Groeße ist seyn Geschlecht, zu zeugen der Nachkommen viele zu Ehren und zu Diensten des großen Kutulu. Als hoechste Ehre soll es gelten, der majestätischen Gestalt des großen Shubb-Joghuroth angesichtig zu werden (Schreckronomikon Seite 154)

Rueckgabe des Buches bis zum spaetesten Termine siehe Stempel. (Schreckronomikon, ganz hinten)

## DAS BUCH DER FISCHMENSCHEN

Zu Hause angekommen habe ich jetzt Gelegenheit, mir das Buch näher anzusehen, das ich dem Fischmensch abgenommen habe. Fredi ist auch wieder daheim. Als Gegenleistung für seine Mithilfe habe ich ihm versprochen, bei nächster Gelegenheit einen auszugeben.

Das Buch ist schwer und dick. Das Material des Einbandes scheint wertvoll zu sein. Es kommt mir fast vor wie eine Art Sammelband. Als wären mehrere Schriften zusammengebunden und mit einem gemeinsamen Cover versehen worden. Da gibt es Passagen in Arabisch wirkender Schrift, Latein, Englisch, sogar ein antiquiert wirkendes Deutsch kommt darin vor. Längere Teile sind in einer mir gänzlich unbekannten Schrift verfasst, in fremdartigen Glyphen, die mir beim Betrachten ein sehr ungutes Gefühl bereiten. Die allgemeine Gestaltung dieser Schriftzeichen erinnert mich sehr an das Design der unterirdischen Reliefs. Das Buch mag locker zweitausend oder mehr Seiten haben. Ich habe etwas Glück. Im deutschsprachigen Teil wurden mehrere Post-its als Lesezeichen eingeklebt. Das ist sicher nicht ohne Absicht geschehen, also muss ich nicht das komplette Werk durchforsten, um einen Leseeinstieg zu finden. Ein Leseeinstieg, der jedoch noch etwas warten muss, denn die Anstrengungen der letzten Stunden fordern ihren Preis. Ich kann die Augen kaum noch offen halten. Es wird Zeit, eine Runde zu schlafen.

Nach erbarmungslos wenigen Stunden klingelt der Wecker. Es ist Montag und Zeit für die Frühschicht. Kurz überlege ich, blau zu machen, doch entscheide ich mich unter Aufbietung all meiner Charakterstärke dagegen. Als junger Mann hatte es mir nie viel ausgemacht, mir die Nächte um die Ohren zu schlagen und dann mit einem Kater auf der Arbeit zu erscheinen. Ich stelle fest, ich bin inzwischen definitiv zu alt für solche Eskapaden. Dabei habe ich ja noch nicht einmal getrunken.

Recht spät am Abend treffe ich wieder zu Hause ein. Die Schicht war eine echte Qual und schien kein Ende nehmen zu wollen. Auf dem Rückweg bin ich noch am Kanal entlang gelaufen und habe mein Fahrrad aus den Büschen geholt. Es lag noch an der gleichen Stelle, an der wir es gestern Nacht versteckt hatten. Fredi hat sein Rad offenbar auch schon abgeholt. Durch die Bäume am Uferweg hindurch konnte ich einen Blick auf den Schornstein des Kraftwerkes ergattern. Das Gas aus der grünen Kugel hatte sich über dem Schornstein angesammelt und einen Wirbel gebildet. Das war ein faszinierender, aber auch sehr erschreckender Anblick.

Als ich meine Wohnung betrete, bin ich fix und fertig. Das Buch liegt auf dem Küchentisch, doch es ist nicht daran zu denken, jetzt darin zu lesen. Ich esse noch eine Kleinigkeit und gehe sofort ins Bett. Tatsächlich komme ich erst nach zwei Tagen dazu, mich diesem Folianten zu widmen. Inzwischen gab es sogar schon Fernsehberichte über die grüne Wolke und ich verspüre echte Unruhe. Etwas sagt mir, dass sich ein paar wichtige

Informationen an den mit Lesezeichen versehenen Stellen befinden.

Das Buch heißt, wie ich soeben auf der ersten Seite lesen durfte, Schreckronomikon und wurde von einem arabischen Autor mit unaussprechlichem Namen verfasst. Auf den deutschsprachigen Seiten erfahre ich etwas über den Kult des Kutulu. Ausführlich behandelt wird fernerhin ein seesternförmiges Wesen namens Shubb-Joghuroth, das wohl für höhere Aufgaben bestimmt sein soll. Dieses Ungetüm soll die Erde vorbereiten auf die Ankunft dieser merkwürdigen Gottheit namens Kutulu. Wieder fällt ein Puzzlestein an seinen Platz. Das passt alles zusammen und deckt sich mit den Berichten im Fernsehen. Leider gelingt es mir nicht, die Erzählungen über diese alten, bösen Götter als Quatsch abzutun. Dafür habe ich doch zu viel Bizarres erlebt. Wenn ich das alles richtig verstehe, liegt hier eine echte Bedrohung vor. Ich brauche unbedingt Hilfe, denn das Universum zu retten, kann ich niemals alleine stemmen. Gleich morgen gehe ich zur Polizei, nehme das Buch mit und erzähle den Ordnungshütern alles.

# IM GRÜNEN UNIVERSUM

Shubb-Joghuroth wartet. Er wartet lange in einem halb schlafenden, halb toten Zustand darauf, dass er endlich diese Dimension verlassen kann, die ihm vor Äonen zum Gefängnis geworden ist. Er selbst vermag nichts anderes zu tun, als zu warten. Das Portal in die Dimension, in welcher der große Kutulu ruht und seiner Erweckung harrt, kann nur von der anderen Seite geöffnet werden. Es gefällt ihm nicht, dass das alles so lange dauert. Sicher wird er ein paar der Hohepriester zur Strafe für ihre Lahmarschigkeit lebendig verspeisen. Doch jetzt ist ein Ende des Wartens in Sicht. Es ist den Idioten tatsächlich gelungen, ein Portal zu generieren. Es ist noch zu klein, um ganz hindurch zu gelangen, doch für einen seiner Arme reicht es schon. Er spürt Wind und Wärme, kann Materie tasten. Das ist ein fast orgiastisches Erlebnis für ein Wesen, das so lange ohne jegliche Sinneseindrücke in einer Kerkerdimension dahinvegetierte.

Shubb-Joghuroth kann nicht anders, als sich diesen in Vergessenheit geratenen Gefühlen hinzugeben. Es ist ihm klar, dass er in der dreidimensionalen Welt verletzbar ist. Eigentlich wäre es besser, er würde den Arm wieder zurückziehen, bis das Portal groß genug für seinen ganzen Körper ist. Doch ist der Reiz der Sinne zu groß und so klammert er sich am nächsten geeigneten Gegenstand fest. Es ist eine Art Rohr oder Stange ... gerade mal groß und stabil genug, dass er sich daran festhalten kann.

# UNERWARTETES

Der Oberste Schugloi des esoterischen Ordens von Shubb-Joghuroth ist zufrieden. Breit grinsend lehnt er sich auf seinem Stuhl aus Camarasaurusleder zurück und nippt genüsslich an einem Glas mit zwölf Jahre altem Single Malt.

Besser hätte es doch nicht laufen können. Das Portal hat sich manifestiert und der Wegbereiter es geschafft, in dieses Universum zu gelangen. Gut, es ist zunächst nur einer seiner fünf Arme, doch wenn das Portal erst groß genug ist, wird er zur Gänze hier auf Erden erscheinen. Dann wird er den großen Kutulu aus seinem Schlaf erwecken und dieser wird anschließend sein Höllenreich auf Erden errichten. Der Planet wird dem Verderben mit Chaos, Blut und Tod anheimfallen und bald schon wird das ganze Universum unter der Knute des Kutulu stöhnen und wimmern!

Der Oberste Schugloi gibt sich seinen Träumen hin. Er hat sein Leben allein dem Zweck der Rückkehr des finsteren Gottes untergeordnet, wird unsterblich an Kutulus Seite weilen, sich in Lust und dunkler Freude ergehen und ergötzen am Geschrei der Unwürdigen. Kein Opfer war ihm zu groß, um in der Hierarchie des Kultes ganz nach oben zu kommen. Das heißt: Geopfert haben immer die anderen, er hat sich nur den Verdienst eingestrichen, aber das ist es, was er höhere Gerechtigkeit nennt, denn in der Aussicht auf einer Welt des Chaos kann es nur gut sein, frühzeitig aus der Dummheit der Unwürdigen seinen Vorteil zu ziehen. Der Oberste Schugloi freut sich, diesen großartigen Entwicklungen zu Lebzeiten beiwohnen zu dürfen, denn das erspart es ihm zu sterben, bevor er unsterblich wird. Den Tod – zumindest den eigenen – stellt er sich unangenehm vor, selbst wenn er zur Machtergreifung des großen Kutulu wiedererweckt werden sollte. Dass unter seiner Ordensleitung das Ewige Reich des Bösen Gestalt annimmt, kann ihm ja nur Pluspunkte einbringen. Mit einem selbstgefälligen Grinsen verschränkt er die Arme im Nacken, als es plötzlich an der Tür klopft.

„Was ist los?", fragt er mit missbilligender Stimme.

„Ehrenreicher Oberster Schugloi, es gibt ein dringendes Problem, das Ihrer Aufmerksamkeit bedarf", antwortet eine devote Stimme hinter der Tür.

Der Oberste Schugloi rollt mit den Augen. Das ist dieser kleine, pickelige Schleimer, der bei allem und jedem immer das Haar in der Suppe findet. Er würde persönlich dafür sorgen, dass dieses lästige Insekt ganz oben auf der Speisekarte des Wegbereiters Shubb-Joghuroth landet, wenn nicht ... ja, wenn dieser Wurm nicht immer richtig gelegen hätte in seiner Einschätzung der Dinge. Das hat ihm als Anführer mehrere Male das Leben gerettet, ohne dass diese lästige Made vermutlich davon gewusst hätte. Sonst hätte der Wurm es sicher nicht gewagt, diesen großartigen Moment des Triumphes mit seiner Anwesenheit zu besudeln.

„Was gehen mich deine *Probleme* an?“, bellt der Oberste Schugloi zurück. „Wenn es *Probleme* gibt, dann beseitige sie gefälligst und raube mir nicht die Zeit mit deinen Banalitäten.“

„Es geht aber um das Dimensionsportal, ehrenreicher Oberster Schugloi“, wimmert es hinter der Tür. „Das kann ich nicht lösen, auch wenn es mir das höchste Anliegen wäre, den ehrenreichen Obersten Schugloi nicht behelligen zu müssen. Nur Sie können da etwas erreichen.“

Widerwillig öffnet der Leiter des Ordens die Tür und lässt den unterwürfigen Diener ein. Der Mann ist ungefähr Mitte zwanzig und hat ein viel zu kleines T-Shirt mit einem Motiv der Band ‚Slayer‘ an, das den Blick auf einen mit Mitessern übersäten Schwabbelbauch freigibt. Das Bild wird abgerundet durch eine viel zu enge Jeans, die bis knapp über die Knie reicht und den Leib so einschnürt, dass vorne der Speck den Gürtel verdeckt und hinten die haarige Po-Ritze sichtbar ist. Dazu trägt der Wurm eine stinkende Baseballkappe mit einem BVB-Logo. Der Oberste Schugloi fühlte sich schon immer durch diesen Anblick beleidigt, sodass er es für unter seiner Würde hielt, diesem jämmerlichen Wesen die Ehre zu erweisen, sich den Namen zu merken. Dennoch lässt er ihn zu Wort kommen, denn die Vergangenheit zeigte, dass es leider viel zu oft ratsam war, ihm zuzuhören: „Sprich!“

„Also, ich hab das alles noch mal durchgerechnet. Sie wissen ja, dass die Wolke noch eine ganze Menge dieser grünen Materie braucht, um das Dimensionsportal auf die richtige Größe zu bringen. Die Dagonier haben das alles sehr gut geplant und durchgeführt.“

„Wer zur Hölle sind denn jetzt die Dagonier schon wieder?“

„Das sind diese degenerierten Fischmenschen mit dieser langen Lebensspanne, die damals mit den Nazis zusammengearbeitet haben. Äh, wo war ich? Ach ja! Die Formel lautet ja D − für Durchmesser − gleich Minus Mg − für Masse, grün − hoch einhalb, geteilt durch, Klammer auf, Mg Quadrat mal null, Klammer zu. Wir brauchen einen Durchmesser von siebenundzwanzig Metern, damit der Wegbereiter in diese Dimension eintreten kann und ...“

Der Oberste Schugloi kramt einen alten Taschenrechner hervor und die tippt die Formel ein.

„Wieso zeigt mir das Ding Error an?“

„Das ist komplex, ehrenreicher Oberster Schugloi. Diese Mathematik stammt nicht aus dieser Dimension und funktioniert mit irdischen Maßstäben nicht.“

Grunzend schmeißt der Ordensleiter den Rechner auf den Schreibtisch.

„Was willst du mir sagen?“

„Nun ja ... zum einen braucht die Wolke noch viel mehr an Masse, um das Portal zu vergrößern − das hab ich ja schon gesagt −, aber dann braucht es noch einen relevant hohen Mehranteil für den Übergang. Der Durchtritt des Wegbereiters wird alle grüne Materie verbrauchen.“

„Und ...?“

„Nun, hinter dem Wegbereiter wird das Portal kollabieren und für immer verschwinden."

„Das ist mir bekannt. Aber wo ist jetzt das Problem? Sprich endlich und lass dir nicht jedes Wort aus der Nase popeln!"

„Das Problem ist, dass der Wegbereiter schon einen seiner Arme durch das Portal gestreckt hat. Dadurch wird die Energie verbraucht, die eigentlich dafür vorgesehen ist, das Tor zu vergrößern. Da ist jetzt so was wie ein Dauertransfer im Gange, weil ja schon Teile des Körpers auf der anderen Seite sind. Das kostet unglaubliche Reserven, und so ist nicht nur zu wenig grüne Materie da, um das Wurmloch zu vergrößern. Ganz im Gegenteil! Das Loch verkleinert sich! Es wird in Kürze kollabieren und dann ist die Verbindung verschlossen. Sie wissen ja, ehrenhafter Oberster Schugloi, wie lange die Vorbereitung für den Dimensionsübertritt schon dieses Mal gedauert hat. Ist das Portal erst einmal kollabiert, sind alle unsere Reserven an grüner Materie aufgebraucht, und wir können ganz von vorne anfangen."

Der Oberste Schugloi braucht einen kleinen Augenblick, um sich der Tragweite dieser Ausführungen bewusst zu werden und wird dann sichtlich unruhig: „Das darf nicht sein! Das darf einfach nicht passieren. Und wenn wir das Portal mit weiteren Einheiten grüner Materie füttern? Sie entsteht doch immer dann, wenn man auf alchemistisch korrekte Weise Menschen opfert. Können wir nicht einfach ein paar Städte in die Luft jagen?"

„Also, wir haben noch ein paar Reserven, die eigentlich für den Antrieb der Haunebus gedacht waren, aber falls der Wegbereiter sich bereit erklären würde, ohne sie Angst und Schrecken zu verbreiten, dann könnten sie für das Portal verwendet werden. Doch das bringt keine echte Lösung, denn es ist einfach zu wenig grüne Materie für einen nachhaltigen Effekt."

„Du sollst nicht schwafeln, sondern meine Frage beantworten!", herrscht der Oberpriester seinen Untergebenen an. „Was ist, wenn wir noch ein paar Menschen opfern?"

„Ein paar würden nicht reichen, ehrenhafter Oberster Schugloi. Meine überschlägige Rechnung ergab, dass wir 27,5 Milliarden Menschen opfern müssten, um die derzeitige Krise abzuwenden."

„Na und?"

Trotz aller Angst kann der kleine Angestellte diesmal nicht verhindern, mit den Augen zu rollen. Glücklicherweise guckt sein Gesprächspartner gerade in eine andere Richtung.

„So viele Menschen gibt es nicht."

„Was?"

„So viele Menschen gibt es nicht. Das ist ein Vielfaches der gesamten Erdbevölkerung."

„Ach so ..." Der Oberste Schugloi grübelt kurz, kratzt sich am Kopf und schreit dann seinen Untergebenen an: „Aber du wirst es doch wohl nicht gewagt haben, mir hier diese Katastrophe aufzutischen, ohne über eine Lösung nachgedacht zu haben? Sprich! Was können wir tun?"

„Nun, ehrenhafter Oberster Schugloi, es gibt jetzt eines, was
sofort in die Wege geleitet werden muss, und da zählt jede Mi-
nute. Der Wegbereiter muss unbedingt seinen Arm aus dem
Portal ziehen. Dann können wir dies mit den Energievorräten
für die Untertassen stabilisieren. Danach könnten wir auf Ihren
Vorschlag zurückgreifen und ein paar Millionen Menschen opfern, um aus ihnen grüne Materie zu gewinnen. Es dauert dann
zwar etwas länger als geplant, bis das Portal zur benötigten
Größe herangewachsen ist, aber es kann dann immer noch alles
so ablaufen, wie es im Schreckronomikon prophezeit ist. Ich
selbst habe als kleiner Bediensteter nicht die Freigabe, um mit
dem Wegbereiter zu kommunizieren. Ich darf noch nicht einmal
seinen Namen aussprechen. Aber das können Sie, ehrenhafter
Oberster Schugloi. Sie müssen sofort mit dem Wegbereiter
sprechen.“

„Ich muss gar nichts, nur weil es ein dahergelaufener kleiner
Narr wie du sagt. Vergiss nicht, mit wem du sprichst, sonst lasse
ich dich sofort in grüne Materie umwandeln. Der große Shubb-
Joghuroth weiß am besten, was gut für ihn ist, und wenn er es
für geboten hält, seinen Tentakel ins Loch zu stecken, dann
steht es nicht mir zu, ihn davon abzuhalten.“

„Selbstverständlich ist das Handeln des Wegbereiters immer
von allerhöchster Weisheit getragen“, erwidert der junge Dick-
wanst fahrig und fuchtelt ein paar beschwichtigende Gesten,
„doch braucht vielleicht auch ein großer alter Gott gelegentlich
ein paar Informationen, um das Richtige abzuwägen. Diese In-

formationen kann er nur von Ihnen bekommen, ehrenhafter Oberster Schugloi.“

Das klatschende Geräusch einer Ohrfeige erfüllt den Raum.

„Du sollst mir nicht sagen, was ich zu tun und zu lassen habe, du Wurm. Jetzt schweig und verschwinde! Ich habe mit dem Wegbereiter zu sprechen.“

## *UND WAS JETZT?*

Die nächste halbe Stunde ist der Oberste Schugloi damit beschäftigt, in seinem Alchemielabor eine stabile Kommunikationsverbindung ins Grüne Universum zu etablieren. Dazu bedient er sich einer ganzen Reihe unappetitlicher Rituale, die ich (der Autor) mir erspare, näher zu beschreiben. Schließlich steht die Verbindung, und es gelingt ihm auf telepathischem Wege, zum großen Shubb-Joghuroth zu sprechen.

Die Dringlichkeit der Situation ist schnell erklärt und nach anfänglichen Verständnisschwierigkeiten begreift der Alte Gott, was er zu tun hat, damit die Mission plangemäß weiterlaufen kann. Er will seinen Arm aus dem Dimensionsportal ziehen, als er plötzlich Schmerz verspürt.

„Aua!"

Schmerz ist ein ungewöhnlicher Sinneseindruck, der dem Wegbereiter überhaupt nicht gefällt. Das Portal hat sich sehr verkleinert und ist nun zu eng geworden, um den Tentakel aus dem Loch zu ziehen. Stattdessen spürt Shubb-Joghuroth das moluskelmäßige Äquivalent zum Einschlafen eines Armes beim Menschen. Er zerrt noch einmal mit aller Kraft an seiner eingeklemmten Extremität.

„Aua!"

## *FINAL TIMELINE*

Samstag: Noch immer keine Veränderung der Szenerie. Der pulsierende Fangarm mit den haarähnlichen Auswüchsen verbleibt in unveränderter Stellung am Steag-Schornstein. Das Internet ist voll von Bildern dieses Motivs aus allen Perspektiven: von der Halde Hoheward, von allen Kanalbrücken, mit Teleobjektiv vom Tetraeder in Bottrop und vielen mehr.

Sonntag: Der Fangarm färbt sich nekrotisch schwarz.

Montag: Der Arm fällt herunter und beschädigt nur leicht die umgebenden Gebäude. Die grüne Wolke löst sich auf. Die Geschichte ist zu Ende.

Als ich im Internet von den Ereignissen erfahre, bin ich zunächst überrascht, doch dann denke ich mir, dass das Schreckronomikon vor mir auf dem Tisch vielleicht ein paar Erklärungen bereithält. Ich durchstöbere also noch einmal den Teil, den ich lesen kann und kann mir tatsächlich einen Reim darauf machen, was ungefähr geschehen sein muss.

Doch stelle ich fest, dass mich diese neuen Erkenntnisse und das, was ich erlebt habe, sehr verändert haben. Nie wieder wird es mir gelingen, die Welt so zu sehen, wie ich sie bisher gesehen habe, denn jetzt weiß ich von den kosmischen Abgründen, die sich hinter der Wirklichkeit verbergen. Wie es so treffend im Schreckronomikon formuliert wurde: „Das ist nicht platt, was ewig pennt, wenn man Zeit und Raum nicht kennt."

In den Kerkerdimensionen verstecken sich böse, alte Gottheiten, deren größtes Ziel es ist, die Herrschaft über unsere dreidimensionale Welt anzutreten. Und ein Gott ist bekloppter als der andere. Was für ein Haufen von Idioten! Sie stehen den Menschen in nichts nach. Der Verlust der Weltherrschaft, nur weil man sich ein wenig frische Luft um den Tentakel blasen lassen musste? Blöder geht's wirklich nicht. Ich kann nicht anders. Ich lege meinen Kopf in den Nacken und fange schallend an zu lachen.

*NOCH EIN NACHTRAG:*

Der Oberste Schugloi bekam nach dem Scheitern der Mission Besuch von den Dagoniern. Alle Erklärungsversuche, dass es doch der Wegbereiter selbst gewesen sei, der das Unglück verursacht hat, blieben erfolglos und jetzt schwimmen seine sterblichen Überreste in Form von grünen Partikeln in einem unterirdischen Tank.

Der dienstbeflissene junge Mann mit den Pickeln wurde befördert und darf jetzt an einem qualifizierenden Studium in der mittleren Priesterlaufbahn teilnehmen, die dazu ermächtigt, sich zum Unteren Schugloi ausbilden zu lassen.

Die Dagonier haben sich in ihre Katakomben zurückgezogen und sitzen dort unfreiwillig fest. Die Erdarbeiten für das Emscher-Renaturierungsprojekt schritten so weit voran, dass jetzt ein gewaltiger künstlicher Hügel den Ausgang versperrt. Vermutlich leben sie dort unten weiter und planen unheilvolle Dinge, aber solange keiner rauskommt, besteht keine Gefahr.

Der Geruch des abgetrennten Tentakels Shubb-Joghuroths lockte scharenweise kleine Vögel an, die das Ding restlos verspeisten. Nichts ist übrig geblieben. Die haarartigen Auswüchse waren besonders lecker. In der näheren Folgezeit war die Umgebung fast flächendeckend von besonders übel riechendem Vogelkot verseucht.

Mit dem Kollaps des Dimensionsportals verschwand auch die Froschplage am Rhein-Herne-Kanal.

Dr. Burkel wurde posthum mit der Ehrenmedaille für Heimatforschung ausgezeichnet.

Fredi bekam ein Jobangebot von der ARGE. Nach dem vergeblichen Versuch, sich durch einen vorgetäuschten Krankenschein zu drücken, wurden ihm für drei Wochen die Leistungen gesperrt. Er flog auf, weil er mit dem Fahrrad den neuen SUV des Amtsleiters geschrammt hatte, obwohl er angeblich wegen eines kaputten Knies nicht zum Vorstellungstermin konnte.

Onkel Joseph starb kurz vor dem Erscheinen der Wolke im Pflegeheim an Herzversagen.

Der blonde Handwerker bekam nichts vom Ableben seines Gesprächspartners Dr. Burkel mit und war tierisch sauer, dass kein weiterer Termin zustande kam.

Dr. Maltoff wurde aufgrund der psychischen Labilität, die sich auf die Ergebnisse im Kriminaltechnischen Institut gründete, zeitweise ins Archiv versetzt, hat jedoch nach erfolgreicher Reha wieder seinen ursprünglichen Aufgabenbereich zurückerhalten.

Lisa-Judita Schrubbel-Boskopp ging weiter ganz normal ihrem Job nach. Wer es schafft, täglich mit kleinen Monstern umzugehen, den hauen auch große Monster nicht um.

Die Santa Barbara wurde verschrottet.

Serdars Dönerbude ist geschlossen. Er unterhält jetzt einen Handy-Gebrauchtwarenladen in der Wanner Fußgängerzone.

Der Postpark und die Gartenanlage im Herner Norden sind wieder für die Öffentlichkeit freigegeben.

Die mysteriösen Fossilien sind nie wieder aufgetaucht.

## *DANKSAGUNG*

Es ist mir ein großes Anliegen, mich bei den Menschen zu bedanken, die – auf welche Weise auch immer – einen Beitrag zur Verwirklichung dieses Buches geleistet haben. Mein ehrlicher Dank geht an:

- Manu Klumpjan, meiner Verlegerin, die Mut und Vertrauen bewies, indem sie das vorliegende Werk ins Verlagsprogramm aufgenommen hat und es mir möglich macht, mein Geschreibsel nicht nur für mich selbst zu betreiben, sondern es auch als Buch in meinen Händen halten zu dürfen.

- Harry Michael Liedtke, dem Lektor dieses Buches. Es war mir mit dem ersten geschriebenen Satz klar, dass er der Richtige für diesen Job ist. Uns verbinden nicht nur eine klischeehafte Männerfreundschaft und eine gemeinsame Liebe für Marvel-Comics und SF-/Fantasy-Literatur, er ist auch Bühnenpartner bei Lesungen und hat mir immer wieder Türen geöffnet, die mir als Musiker und Autor sehr wichtig waren. Das ist jetzt die Gelegenheit, ihm mal öffentlich für das Gesamtpaket zu danken. (Recht hast du, Harry: Namen sind was für Grabsteine ☺)

- Metin Irfan Temel für die großartige Coverillustration. Er hat bereits bei der Illustration meines Buches ‚Spielmann Michels Rattenplage' Tolles geleistet und auch diesmal keine Erwartung enttäuscht. Wer seine Kunst mal buchstäblich am eigenen Leib erfahren möchte, ist in seinem Tattoo-Studio in Waltrop sicher gut aufgehoben.

- Meine liebe Frau Brigitte, die jedes einzelne Kapitel vorgelesen bekam und deren Begeisterung ein Motor für die Fertigstellung dieses Buch war.

- Graf Hotte Schröder, dessen immenses Wissen über die Geschichte Wanne-Eickels mich auf sooo viele Ideen gebracht hat. Leider war es nicht möglich, sie alle zu verwenden, aber wer weiß, vielleicht später mal.

- Dr. Susanne Jülich, Dr. Michael Lagers und das Team vom Westfälischen Landesmuseum für Archäologie in Herne. Als Spielmann Michel darf ich seit ein paar Jahren immer wieder mal Beiträge für das Museumsprogramm liefern und ich erlebe die jeweilige Vorbereitung als eine große Inspiration, eine faszinierende Herausforderung und einen immensen Spaß. Nicht nur, dass es dort in diesem Jahr (2019) Lovecraft-Lesungen und Fantasy-Events gab, hat mich in dem Wissen bestärkt, dort unter Gleichgesinnten gut aufgehoben zu sein.

- Die bisher nicht genannten Mitarbeiter des EPV-Verlages.

## ÜBER DEN AUTOR:

Michael Völkel, Jahrgang 1961, ist Musiker und Autor und legt mit ‚Der Schrecken im Flöz' sein drittes Buch unter eigenem Namen und seinen ersten Roman vor. Er ist verheiratet, hat zwei Söhne aus erster Ehe und lebt in Wanne-Eickel im Ruhrgebiet.

Der studierte Sozialarbeiter ist seit 2008 Berufsmusiker und unterrichtet nebenberuflich für die Städtische Musikschule Herne.

www.michaelvoelkel.de

***Vom Autor bisher erschienen (Auszug):***

Im Edition Paashaas Verlag:

- Der Schrecken im Flöz (Buch)
- Spielmann Michels Rattenplage (Buch und CD)
- Tricks für die Gitarre (Buch)
- Intrigenspiel (Buch, Mitautor)
- Machenschaften (Buch, Mitautor)
- Vorfreude auf Weihnachten (Buch, Mitautor)

Eigenveröffentlichungen:

- Landscapes (CD)
- Rattenplage (Erstauflage als Comic-Heft mit CD)
- Des Zeitreisenden Liederbuch (CD)
- Offbeats (CD)
- Little Steps (CD)
- Wide Land (Vinyl-LP)